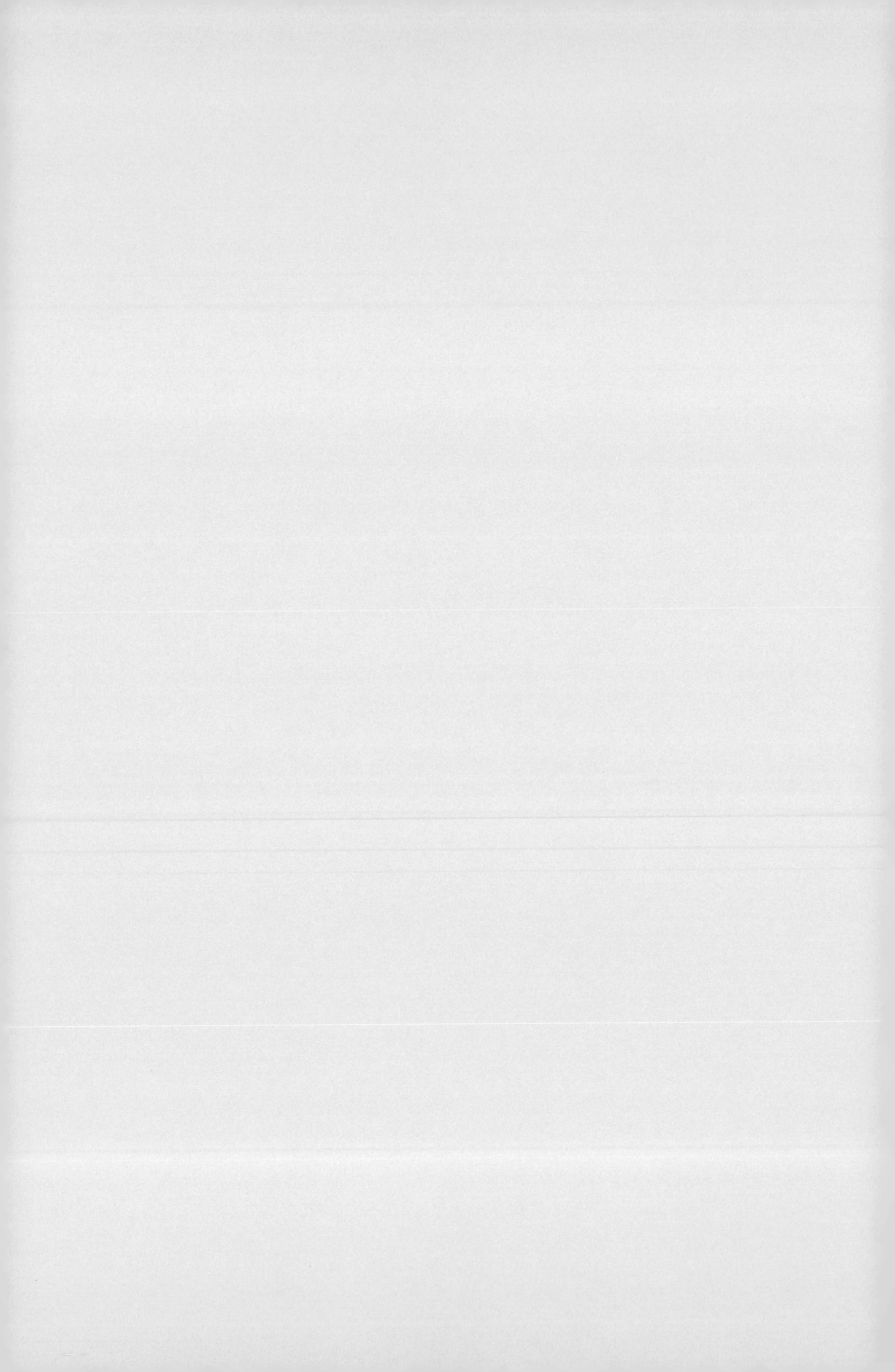

하늘등대

하늘등대

1판 1쇄 발행 | 2016년 6월 24일

지은이 | 허재규
발행인 | 이선우
펴낸곳 | 도서출판 선우미디어
등록 | 1997. 8. 7 제305-2014-000020
02643 서울시 동대문구 장한로12길 40, 101동 203호
☎ 2272-3351, 3352 팩스: 2272-5540
sunwoome@hanmail.net

값 12,000원

이 도서의 국립중앙도서관 출판시도서목록(CIP)은 서지정보유통지원시스템 홈페이지(http://seoji.nl.go.kr)와 국가자료공동목록시스템(http://www.nl.go.kr/kolisnet)에서 이용하실 수 있습니다.
(CIP제어번호: CIP2016014911)

ISBN 978-89-5658-457-7 03810

하늘등대

허재규 산문집

선우미디어 sunwoomedia

머리말

- 내 삶의 여정을 돌아보며

바깥은 신록으로 눈이 부신데, 나는 병상에서 내 삶의 여정을 돌아본다.

유복했던 유년시절, 미·일 전쟁을 피하려 고향을 떠나면서 겪은 지난(至難)했던 시간들을 거쳐 6·25 한국전쟁 중 입대했다. 공군 정보통신부대를 제대하고, 사회에 나오니 취업이 어려운 시기여서 공무원 시험 준비에 돌입했다. 보통고시 준비를 시작했다. 다행히 공부한 지 2년 만에 합격했다. 고시란 자격시험이지 채용시험이 아니라서 막막하기는 마찬가지였다.

1959년 9월, 합격증을 들고 군산시청 김인덕 부시장님을 찾아가 어려운 처지를 말씀드렸다. 그분은 축사나 기념사 등을 써 볼 수 있겠느냐며 질문하기에 선뜻 해보겠노라고 대답했다. 다행히 유년시절 〈천자문(千字文)〉, 〈계몽편(啓蒙緶)〉, 〈명심보감(明心寶鑑)〉 등 한문 공부를 열심히 했기에 글을 쓸 수 있었다.

부시장님은 채용을 고려하라고 지시를 내렸고, 그 해 12월 9일, 지방신문에 시장명의로 게재할 '세계인권 선언' 기념사를 써오라 하셨다. 인터넷도 없던 시절, 신문과 사전에 의지하여 기념사를 작성하였고 그걸 계기로 공무원에 임용이 되었다. 지방신문에 게재된 뒤 기자가 잘 썼다고 칭찬하기도 했다. 공무원 임용이 된 이듬해 3·15, 4·19, 5·16 등 연이은 격변기에 시의 업무를 거의 주관하며 신임공무원으로서 용기와 인내, 소신을 배웠다.

1963년 선관위로 이전하여, 1995년 38년간의 공무원 생활을 대과없이 마치고 자유인이 된 나는 훌훌 여행도 떠나고, 서예와 컴퓨터에 전념하였다. 홈페이지를 만들어서 틈틈이 글과 사진을 올렸다. 내 글을 읽은 딸과 사위는 "아버님의 글이 아주 재미가 있고 필력도 있으시니 책으로 엮자"고 권했지만 줄곧 사양을 했다.

몇 년 전부터 신부전증으로 고생을 하다가 여러 가지 합병증이 와서 몸을 가누기조차 힘든 처지가 되었다. 딸과 아내는 그동안 쓴 글들을 모아 책을 내겠다고 하는데, 세상에 내놓기가 부끄러워 반대했으나 가족에게만 보이는 한정판으로 제작하겠다는 감언(甘言)을 믿고 허락하게 되었다. 그동안 쓴 글들을 다시 읽어보고 수정하면서 내 삶의 여정을 돌아보는 의미 있는 시간이었다.

또한 천주교에서 영세를 받은 뒤 오랜 냉담생활을 하다가 입원 중에 신부님께 고해성사를 하고 병자성사를 받은 일은 큰 은총의 시간이었고 축복이었다. 서툰 기도지만 아침, 저녁 기도를 바치면서 하느님께 감사를 드리고 있다.

그동안 원고 정리를 하느라 애쓴 아내와 아들, 딸, 사위에게 고마운 마음을 전하며, 영영 묻힐 뻔 했던 내 글들을 책으로 엮어 주신 선우미디어 이선우 사장님께도 깊은 감사를 드립니다.

2016년 5월 관악산 자락에서

曙野　許在圭

차례

2부 나의 가족

3부 정진

4부 여행

아내의 글

1

고향

아내와 함께

아내 박상주 수필가의 문학상 시상식장에서 가족들과 함께

딸 경혜와 막내 균의 어린 시절(관악산에서)

아들 진과 균의 어린 시절(경주 불국사에서)

신년 하례식

내 고향은 나의 고향이 아니었다

보잉 747의 문을 나서니 참으로 오랜만에 맡는 맑고 상쾌한 공기가 익숙지 않아 낯설기까지 하다. 높은 트랩을 조심조심 내려 발이 땅에 닿으니 비록 아스팔트일망정 피어오르는 흙냄새가 너무 정겨워 그 싱싱한 내음을 욕심내어 양껏 들이마시며 내 눈은 어느 사이 멀리 중산간(中山間)으로 향한다.

그 중산간 지대를 천천히 훑으며 산정에 이르니 그게 눈에 익은 한라산이었다. 거기에다 어디선가 고향 억양이 묻어나는 그 독특한 말씨를 들으니 정겹고 반가워 조금 들뜨는 기분이었다. 마중 온 차를 타고 시내로 향하는 가로수로 서있는 열대 식물이 낯설었으나, 발전을 위한 변화로 보여 고개가 끄덕여졌다. 그러나 잠시 스친 돌담은 내 어렸을 적 눈에 익숙한 풍경이어서 내 상념을 어린 시절로 되돌려 놓는다.

비릿한 갯내음에서도, 사투리의 억양에서도, 내 조상의 숨결이 잡힐 듯이 느껴진다. 정겨운 오름과 돌멩이가 널린 거친 밭에서도 내 생명이 움트던 영혼의 소리가 들리는 듯 모두가 낯익고 정겨움이 묻어난다.

허나 3대 독자인 아버지의 바람도 무시하고 피난길을 다그쳤던 어머니. 전쟁 말기(일정말) 당국의 소개령도 나기 전에 서둘러 전답을 파느라 제 값도 받지 못하고 억지로 맡기다시피 모두 팔고 정감록의 비지(秘地)를 찾아 육지로 피난길을 떠난 것이 고향과 영영 이별이 되어버렸다.

아버지는 실패한 출향인(出鄕人)이 되어버려 고향 얘기를 꺼내지도 않았고 또 고향 찾기도 잊고 사셨다. 그래서 후손인 나도 가까운 친척이 있는 것도 아니어서 고향과는 발길이 멀어지고 말았다.

지금 생각하면 땅 한 평도 남겨놓지 않아 물적 후회는 크지만 그 끔찍했던 4·3사건의 회오리에서 온 가족이 목숨을 온존할 수 있었던 건 고향 사람에겐 미안한 일이지만 우리 가족에겐 불행 중 다행이란 생각이다. 그나마 어머니의 덕이라 자위해 본다,

지금은 너무 많이 발전하고 변해버린 고향. 이곳엔 조상의 산소만 있을 뿐 땅 한 평 남겨 놓지 않은 아버지의 단견(短見)이 오늘의 나에겐 낙오자의 패배감으로 다가와 귀향(歸鄕)의 기쁨보단 망향(忘鄕)의 아픔이 더 커 가슴을 쓰리게 한다.

허나 지금의 내 눈 앞엔 그토록 그립고 정겹던 고향은 사라지고 오로지 생존을 위한 삶만이 피 흘리며 아우성친다. 골 깊은 골짜기가 없어 가슴이 넉넉하지 못해서일까. 유장한 물길이 없어 생각이 깊을 수 없어서였을까.

얼마나 급했으면 하늘에 대한 외경(畏敬)도 챙기길 잊고 삶의 존엄도 관광이라는 허기에 찢기고 벗기어 부끄러운 나신(裸身)이 되어 가는 섬, 삼다삼무(三多三無)는 전설로만 남았고, 이젠 '자냥정신'마저 잃어버려 내가 그토록 그리워하며 한 평생을 마음속에 그리던 내 고향이 아니었다.

※ 지금 나는 서울 하늘 아래에서 1986년 11월 제주에 부임한 때 메모했던 위의 글을 되뇌며 팔순의 고개를 넘어 더 깊어지는 내 수구초심(首丘初心)의 치유를 위하여 고향의 노래를 부르리라.

연필 예찬

내가 필기를 해야 할 때면 언제나 연필로 쓰는 습관이 있다. 연필 글씨는 항상 미완의 글로 남겨두고 언제나 지우고 고치며 퇴고를 할 수 있어 마음이 편하다.

다른 사람이 보아도 연필 글씨이기에 미완의 글로 봐주고 흠이 많아도 탈을 잡지 않는다. 그래서 볼펜으로 쓰여진 글과는 달리 워드로 쓴 글처럼 고치기가 쉽고 편해서 좋다.

만년필이나 잉크를 찍어 쓰는 펜글씨는 마치 붓글씨처럼 악력(握力)과 압력(壓力) 여하에 따라 선의 굵고 가늘음과 색깔의 농담(濃淡)을 조절하며 쓸 수 있어 글자의 맵씨가 고아 예술이라 한다. 그러나 볼펜이나 연필은 조절력이 약하여 글씨의 맵씨 내기는 어려우나 실용적이다.

나는 강의를 들을 때도 갱지 20여 장을 지철기(스태플러)로 찍어 만든 메모지와 연필을 준비해서 마치 속기라도 하듯 최대한 빠른 속도로 흘리며 날려 받아쓰곤 한다. 그리고 귀가하자마자 덜 잊혀진 기억을 되새기며 흘려 쓴 메모철을 보며 암호라도 해득하듯 노트에 정서(淨書)를 하며 옮겨 쓰다 보면 자연히 복습도 되어 공부에도 도움이 된다.

컴퓨터 관련 공부를 할 때는 지접 컴퓨터를 자동시켜 클릭 클릭 한 단계 한 단계 진행하며 거의는 내용을 정확히 파악하며 정서를 한다.

기억의 용량이 한계에 이르다 보니 이제는 메모가 습관이 되었고, 성의껏 적는 것이 왕도라 생각하게 되었다. 어느 땐가는 외모가 단정해 보이는 어떤 아주머니가 필기용구로 조그맣고 예쁜 수첩과 볼펜을 들고 있는 걸 보며 과연 제대로 강의 내용을 받아 적을 수 있을지 궁금했다.

아마도 거의는 머리 속에 담고 요점만 수첩에 적나 보다. 그런데 저 정도로는 아무래도 부족할 듯하여 불안하고 미심쩍어 보였다. 강사는 쓰지 말고 귀로 들어서 익히라고 강조하나 이는 자기 강의의 효율만 생각했지 노인들에겐 실효성이 약한 얘기다. 그래서 사람들은 필기를 자주하고 많이 해주는 강사를 좋은 강사로 여기나 보다.

요즘 나는 초등학생처럼 필통을 가지고 다닌다. 필통 안에는 지우개 고무와 연필 2자루 볼펜 한 자루를 넣는다. 가끔 이웃 분들이 필기구 하나를 빌려 달랄 땐 꽤나 뿌듯하다. 나도 전엔 문구를 많이 구하느라 남대문시장의 문구점에서 갱지 1연, 바인더 노트 20권, 연필을 몇 타씩 사다 두고 썼었다.

특히 연필은 겉은 윤도 나고 고급스러웠으나, HB라는 것이 진하고 팍팍 닳아 2B 같기만 하였다. 그 뒤 동네 문방구에서 초등학생들이 쓰는 연필을 사다 써보니 이게 마음에 들었다. HB 규격이 딱 맞는 듯 쓰기가 편해 나는 동네에서 사 쓴다. 아직도 불만인 것은 아마도 판매 전략 때문인지 연필 뚜껑을 만들지 않는 것이 안타깝다. 볼펜 뚜껑으로 대용해 보려 시도해 보았으나 모두가 맞지 않아 허사였다.

그래서 할 수 없이 필통을 쓰고 있다. 필통도 철 필통은 소리가 나고 차서 친화력이 떨어진다. 플라스틱 필통이 값도 쌀 듯하고 연필심 보호에도 좋겠는데 없단다. 할 수 없이 청바지 천에 지퍼를 단 필통을 샀으나 값도 3.500원이나 하여 비싼 편이고 소리는 없겠으나 부피가 크고 가끔 연필심이 꺾여 속상하다.

하늘등대

내 나이 열 살 무렵(1942년경), 멍석을 깐 마당에서 늦저녁이라도 먹을 때면 매일 비행기가 하늘을 느릿느릿 날곤 했다. 모슬봉과 삼방산을 일직선으로 연결해서 삼각도를 그리면 우리 집이 대정면 보성리 꼭지점이 된다.

하늘에 비행기가 난다. 요즘으로 말하면 연락기라도 되는 듯 부릉부릉 느릿느릿 날아간다. 한 20분 지나면 비행기도 멎고, 모슬봉을 등 삼방산 꼭대기에 빨간 등대불도 꺼진다.

당시 형들은 예과련(豫科鍊) 지망자가 꽤 있고 사람들이 우러러보기도 하여 나도 크면 비행사가 되어야지 하는 꿈을 키웠다. 예과련 다음에는 초등학교만 졸업한 아이들도 소년비행사 지망을 했는데, 우리 동네 형들도 다 떨어지긴 했지만 꽤 응시했었다.

나도 열여섯 살만 되면 비행사가 되어야지, 그래서 우리 집 마당에 편지를 떨구어 주고, 낮게 떠서 날아 동네 사람으로부터 박수를 받아야지 생각했다.

해방이 되고 찾아간 고향엔 하늘등대도 없어지고, 검은 기름을 칠한 전주와 통통한 전선도 다 없어졌다. 내 어릴 적 동심의 추억이었는데 아쉬움이 컸다. 먹고 사는 게 구차하여 누가 뜯어갔는지, 관에서 일제물이라 하여 철거했다면 어리석은 일이다.

지금 그 등대가 남아 있다면 중형여객기라도 투입하여 관광용으로 사용하여도 좋을 텐데, 특히 중국 관광객에게 요즘 굴리는 잠수함에 비길까?

유년시절 꿈꾸어 왔던 비행사, 그 꿈 때문에 공군에 입대하게 되었는지도 모른다. 공군 입대 후 기지 생활이 따분했는데, 통신하사관 후보생 모집이 있어서 응시했더니 합격했다.

합격한 뒤, 대구 통신하사관학교에 집결했는데 유년시절의 꿈이 이뤄질 기회가 온 것이다. 게시판에 조종하사관 후보생 모집이 있지 않는가. 이제야 꿈이 실현될 때가 됐다고 생각하고 선임하사에게 고했다.

선임하사는 “이 자식, 군대가 네 집인 줄 알아? 너 때문에 떨어진 통신하사관은 어떻게 할 거야. 아무 생각 하지 말고 공부나 열심히 해. 알았지?”라고 했다. 조종사는 천운을 타고 나야 하지, 하고 싶다고 해서 아무나 되는 게 아니구나 싶어 꿈을 접을 수밖에 없었다.

내 건강이 회복되면 고향집을 찾아가 유년시절 꿈을 키웠던 하늘등대가 있던 삼방산을 올라 가 보고 싶다.

훌쩍 떠나보자

내 고향에서는 태풍이 몰려 올 때면 10리 밖 바다에서 바람을 타고 산(모슬봉)을 넘어 큰 소리가 들렸다. 큰 파도가 밀려와 바닷가에 부딪치며 내는 '웅 웅' 하며 내는 소리를 고향 사람들은 사투리로 '절 울음소리'가 들린다고 했다.

어렸을 적 그 '절 울음소리'가 그리워 내 고향 보성에 가보고 싶다. 하다못해 인천 앞바다의 파도소리라도 듣고 싶어 인천을 찾아가는 꿈이나마 꾸곤 한다. 오죽 바다냄새가 그리웠으면 지난 9월 22일, 점심을 먹고 7호선 숭실대역에서 지하철을 탔다.

전에는 하인천이 종점인 걸로 기억되는데, 지금은 종점역이 인천역이었다. 인천역에 내리니 벌써 공기에 바다냄새가 묻어났다. 역전에서 수소문하여 45번을 타고 월미도에서 내려 한 200미터 걸어 내려가니 바다가 나타나며 유람선 대합실이 보였다.

덕적도까지 가는데 소요시간 1시간20분에 선임이 10,000원이다. 오후 출항시각이 12시, 14시, 16시라는데 시간을 너무 낭비할 것 같아 포기했다. 그 산소 풍성한 공기와 비릿한 갯내음을 상쾌히 들이마시며, 연안에 들락거리는 배들과 드리운 낚싯줄들에 시선을 빼앗기다 200미터쯤 걸어 내려가니 영종도행 연락선사가 나온다.

영종도에는 30분마다 왕복 출발하며 소요시간 10분에 선임 1500원인데 나에겐 노인대접으로 1000원만 받는다 하여 탔다. 그 큰 철선 선상에선 갈매기 떼도 만나고 몇 안 되는 승객은 모두가 노, 소의 아베크족뿐이고 싱글은 나 혼자여서 잠시 눈을 감고 해향(海香)에 취하려는데 어느새 영종도에 도착했다.

그 곳에서 새우젓 1통에 만원, 노래미 건어 한 묶음에 만원어치를 샀다. 오후 나들이로 기분 전환할 수 있어 흡족하였다.

얼마나 좋았으면 한 달 후에 또 인천에 갔을까. 이번에는 재기하는 차아니타운의 공화촌(恭華村)에 가서 간짜장 한 그릇을 사먹고(내 양에는 조금 부족하였다) 연안부두의 여객선 터미널에 들러 제주행 연락선 있는 것도 알았다. 국제여객터미널에 들르니 중국행을 기다리는 승객들의 치열한 삶의 모습도 보고 해수탕(海水湯)에서 목욕을 하고 돌아왔다.

내일 모레라도 날씨가 풀리고 바다를 좋아하는 동행이 생긴다면 몇 푼 비용은 내가 부담하고라도 또 한 번 가서 중국거리에 들러 간짜장이라도 한 그릇 사먹고 싶다. 그리고 갈매기 소리도 들으며 바닷가 공기나 실컷 마시고 오리라. (2011. 11. 25)

먼 길을 떠나며

요즘 기업체나 사회단체 학교 등에서도 그 구성원들에게 유서 써보기나 유서 쓰기를 한다, 날씨는 화창하고 산야는 아름다운 이 계절에, 아름답고 즐거운 얘기만 해도 모자랄 터인데 하필이면 피하고 싶고 조금은 혐오스럽기도 한 죽음이 연상되는 유서를 왜 쓰게 할까?

일부러라도 죽음 앞에 서봄으로써 정직, 순수라는 인간의 초심으로 돌아가 스스로를 진지하게 성찰해 보려는 노력이라 보아진다. 인간이 사는 사회에 종교와 희미하게나마 도덕과 윤리가 살아 숨 쉬고 있는 건 죽음이 끝이 아니라 실체는 없지만 새로운 삶의 시작으로 보기 때문일 것이다.

이는 필자의 사생관(死生觀)이기도 하다(註: "생사에서의 초연은 죽은 이와의 通共애서"에 전술) 그래서 사람들은 죽은 후의 욕먹는 훗날을 피하기 위하여 일부러라도 죽음 앞에 서봄으로써 겸손과

관대, 후회와 반성을 경험하게 하고 유서를 써보게 하는 것일 것이다.

사람의 죽음도 자연현상이긴 하나 자연에 거스르지 않는 한에서 인간의 예지(豫知) 노력 여하에 따라 잠시 늦출 수도 있다고 믿는 것이 우리의 염원이다. 필자는 50여 년 전에 도서관에서 읽은 일본서적 내용의 일부를 아직도 기억하고 있다.

그 내용을 소개하면 일본은 지진이 많은 나라여서 불시의 지진으로 인명의 희생이 많았다 한다. 지금 이름은 잊었지만 어느 도인의 설명에 의하면 사람이 24시간 내에 죽음에 이르는가 여부의 예지법으로 '삼맥(三脈)의 법(法)'이 있다며 소개했다. 왼손의 인지와 검지로 턱 아래 양쪽날밑(목에서 양 턱밑으로 뻗어 나온 줄기의 중간 쯤)의 맥을 각각 짚고, 오른손의 중지와 약지로 왼손 손목의 맥 등 3맥을 짚어 보아 3맥이 동시에 뛰면 안전하고 3맥이 일치하지 않고 따로 따로 뛰면 24시간 내에 죽음에 이르니 얼른 그곳을 피해야 한다는 것이다.

이 법의 정확도에 대하여 검증해 보았다는 얘기는 들은 바 없어 믿거나 말거나이지만 필자도 젊을 땐 아침에 일어나자마자 꿈자리가 사나웠을 땐 '삼맥의 법'을 짚어 보았고 특히 비행기나 배를 타야 할 때도 시도했음을 고백한다.

그러나 오늘날에도 많은 사람들이 신뢰하는 예지법으로 배에서 쥐가 내리면 그 배를 타지 말아야 한다는 믿음이 있다는 것이다. 사람이 늙어서 죽는 것은 당연한 자연현상이지만 젊어서 죽는 것도 자연현상이고, 사고에 의해서 죽는 것도 자연과 자연이 뒤엉키며 생멸하는 과정에서의 멸(滅)되는 것이니 자연현상이다. 다만 자연사가 아닐 뿐이다.

아직도 자연의 순환 변동에 대한 예지는 학문적으로 측정할 수 없는 미개척의 분야다. 사람이 차안의 인생 나루가 가까워지면, 조심스럽지만 죽음의 조짐이라는 자연현상이 나타난다 한다. 단지 사람이 주의를 기울이지 않아 그 조짐을 예지하지 못할 뿐이라는 것이다. 나 또한 나이를 먹으면서 듣고 보고 스스로 터득한 죽음의 조짐이라 일컬을만한 것들을 생각해 보게 되었다.

사람이 죽음이 가까워지면 대개는 심약해지고 순수해지며 관대하여져 살아온 인생을 반성하게 된다는 것이다. 그래서 자존심 따위에 얽매이지 않고 생전 찾지 않던 고향집이나 어려서 살던 집을 찾아 가 보게 되고 평소 왕래가 없던 친척들을 찾아 작별인사라도 하듯 화해를 시도한다고도 한다. 그런가 하면 긴장관계에 있는 가족과도 긴장을 풀고 화해를 하는가 하면 도리어 가까운 가족을 미워하며 긴장을 조성하기도 하여 떠나시려고 정을 떼는 것이라고도 한다.

이와 같이 이성적이기보다는 감성에 기울어 감정의 기복을 겪는다. 그래서 연로한 부모를 모시고 사는 자손들은 부모의 기운과 감정의 변화 상태를 살피는데 게을리하지 말아야 한다. 평상시 안 하던 일을 하실 때는 특히 신경을 써서 환경이나 여건을 바꾸고 사고의 균형을 조절하여 방어에 나서야 한다. 나도 나를 회고하며 반성하고 있다

김소운(金巢雲)님은 죽어서 관 네 귀퉁이를 들어 줄 사우(四友)만 있으면 족하다 했지만, 나는 죽을 때까지 문사(文詞)로 대화가 통하는 부드러운 벗 하나가 있는 것만으로도 족하다.

요즘 나는 나의 사고의 균형을 유지하려 노력하며 변화가 어디로 올는지를 스스로 관찰하고 있다. 옛 선인들이 자기 죽음을 예지했다는 것도 이러한 변화를 스스로 관찰한 결과가 아니었을까.

내 젊은 날의 객기

1954년이던가. 내가 공군 정보부대의 일원으로서 k-55 기지에 주둔하고 근무할 때다.

어느 일요일, 외출하여 막금리(경기 오산) 사진관 앞에서 나는 우리 부대원 일행을 만났다. 그중에 김○칠 일등중사가 문서연락병인 이모 일병이 휴대하는 권총을 빌려 자기 허리에 차는 순간 운 나쁘게도 헌병이 나타나 [무기휴대증]을 보자며 검문을 하는 게 아닌가. 서로 말을 못하고 우물쭈물 하는데 사실대로 말하면 두 사람 다 처벌을 받아야 한다.

이등중사인 나는 마침 전날 출장을 다녀오느라 반납 못한 공무집행증(공무집행증 뒷면이 무기휴대증이다)을 갖고 있어 내가 나서 경위를 변명하며, 김중사의 허리에서 권총을 풀어 내 허리에 차며 무기휴대증을 보여주었다. “저 권총은 내 것인데 김중사가 권총을 차고 사진을 찍고 싶다 하여 사진을 찍는 동안 잠시 빌려준

거"라며 사진관 안으로 밀어 넣어 위기는 넘겼으나 믿기지가 않았는지 그 이튿날 나는 헌병대에 소환되어 진술서를 썼던 기억이 난다. 결코 올바른 일은 아니나 난처함에 처한 전우를 구해 주기 위해서였다.

요즘 화제가 되고 있는 TV 드라마 〈영웅시대(英雄時代)〉를 보면 태국의 공사장에 인부들의 폭동이 일어나 현장사무소를 습격해 오니 간부들은 다 도망가는데 박대철 혼자 사무소를 지키고 금고도 지켜내어 사장으로부터 칭찬을 받는 걸 보며 나도 생각나는 게 있어 이 글을 적어본다.

1960년이던가. 내가 어느 지방 ○○시청의 총무과에 근무할 때 4·19가 일어났다. 서울의 데모가 한참 지방으로 확산되고 있을 때다 신문은 어제는 어느 관청, 오늘은 어느 관서의 건물이 데모대의 습격을 받았다고 매일 전하고 있어 당시 지방관서의 분위기는 언제 무슨 일을 당할지 몰라 전전긍긍할 때였다.

4·26로 기억하는데 데모대가 역전(驛前)으로부터 시청으로 몰려오고 있다는 소식이 급전으로 전해지자, 아래층 각과 직원들은 밖으로 나가 시민들 틈에 끼어 서서 구경하며 서있었다. 2층의 우리 총무과도 직원들이 모두 비상계단을 통해 시청 뒷마당으로 피신하고 총무과에는 서무계 차석보다 급이 높은 3석(三席)인 나

혼자 남게 되어 할 수 없이 혼자 과를 지켜야 했다.

잠시 후, 문을 박차고 들이닥친 3~4명의 젊은이들은 서울에서 학생대표로 왔노라며, 차 본넷에 태극기를 덮고 확성기 장치를 한 차 한 대를 마련해주면 가두 순회 선무(宣撫) 방송을 하겠다는 것이다. 하여 택시 한 대에 태극기를 덮고 앰프장치를 빌려 설치해 주어 아무 충돌 없이 사무적으로 끝낼 수 있었지만 기다리는 동안 어떻게 대응할까에 정신을 집중하다 보니 초조와 긴장으로 몸이 진정이 안 되어 자꾸 떨렸던 기억이 있다.

나는 정의감은 강했으나 심약하고 겁이 많았다. 그런데도 혼자 남게 된 것은 시청의 인사권에 따른 문서의 보호와 내빈 접객, 시장 부시장의 보좌 등 시청의 살림 전반을 관장하는 부서의 삼석(三席)으로서 자리를 비울수가 없는 업무의 책임 때문에 모든 직원들이 다 자리를 비워도 우리는 비울수가 없었다.

우리 부서에도 몇 사람이 있었지만 먼저 피신하여 나가버려서 과에는 나 혼자 뒤처져 남았는데 배짱이 없어서 비우고 나가지 못하고 주저앉아 있게 된 것이다.

잠시 후 다가올 난동을 생각하니 궁금도 하고 겁도 나서 어금니가 달달거리며 떨렸으나 심호흡을 하고 참으며 기다렸다.

데모대가 서울학생들의 차 뒤를 지방의 학생과 젊은이들이 따라 대열을 이루어 구호를 제창하며 시청으로 향하고 있다는 대로변의 동직원의 시청을 걱정하는 전화였다.

내가 서울살이를 할 때다. 고향에 사는 친구가 작고하여 시골로 문상을 갔을 때의 얘기다. 안면이 있는 철도역무원 한 분이 나를 찾아와 전에 고마웠다고 나도 잊어버린 지 오래인 지난 인사를 했다.

때는 5·16혁명 초기 모든 공무원이 재건복을 입고 가슴에 명찰을 차고 다니며, 아침 6시에 시청 앞에 모였다가 각 동으로 청소 독려를 나가곤 했었다. 신문은 국가재건최고위원회 의장이 지방 출장 중 지명한 어느 지방공무원에게 혁명공약을 물었을 때, 줄줄이 잘 외운 직원은 승진을 하고 암송 못한 직원은 파면되었다는 보도 기사가 있어 모두가 군대생활을 하듯 긴장하던 어두웠던 시절 얘기다.

당시는 혁명초기라 정부 홍보가 강화되었고, 혁명정부의 모든 홍보 인쇄물이 철도로 수송 송달될 때인데 한 건만 사고가 나도 담당자의 목이 날아가던 서슬퍼런 시절인데, 아뿔싸 사고가 한 건 생겨 역 전체가 발칵 뒤집혔다는 것이다. 그 때 인쇄물을 인수하는 시에서 공보 담당인 내가 눈을 감고 문제 제기를 하지 않아서 자기네가 다 살 수 있었노라며 이제야 그 때의 고마움을 인사드린다 했다.

나는 기억도 못하는 일을 고마워하니 나는 원칙주의자이면서도 인생을 빡빡하게 살지 않아 서라고 생각해본다.

1987년이던가. 내가 이사관(2급)이 되어 고향에 갔을 때이다. 생전 거의 만난 일이 없는 초등학교 동창인 미군부대에 다닌다는 허권○이 찾아와 술 한 잔 나누면서 옛이야기를 들려준다.

그러니까 일정 말(日政 末) 초등학교 3학년 때다. 당시 급장(반장)인 나는 쉬는 시간에 아이들을 다 밖으로 내보내야 하는데, 어느 날은 덩치 큰 아이 대여섯이 그 귀한 올겐을 서로 다투며 치고 있는 걸 선생님께 들켰다는 것이다. 선생님은 크게 화가 나서 역정을 내시는데 감히 내가 선생님께 나서서 내가 그 아이들에게 올겐을 좀 옮겨 달라 부탁을 했고, 그래 주면 좀 쳐봐도 괜찮다고 허락했노라며 저를 용서해 달라더란다. 자기는 그때부터 내가 크면 훌륭한 사람이 될 거라 짐작했노라며 기억에도 없는 내 어린 시절을 회고해준다.

지금 이 글을 적는 건 내 객기를 자랑하려 해서가 아니라 죽을 때가 가까워서인지 아이들이나 보라고 기록해 두고 싶어 주책을 부리고 있다. 연만(年滿)한 독자 제위께서도 스스로의 인생을 회고하며 비교해 보면 동시대를 살아온 경험들이 되살아나 입가에 미소가 번지는 계기가 되기를 기대하여 이 글을 적습니다.

(2013. 4. 27)o

1·4후퇴 때의 그 여인

6·25 그리고 1·4후퇴, 말만 들어도 암담하던 그 시절을 온 몸으로 관통하여 살아오는 동안 나에게 격려가 되어 힘이 되기도 하고 때론 안타깝고 측은하여 잊히지 않는 여인들이 있었다 전쟁중이라 사람들의 심성이 황폐하고 억척스러울 것 같지만 지금 생각하면 요즘보다도 더 따뜻했고 인간적이었던 것 걸로 회고된다. 이성관도 요즘같이 닳고 바래 차가워진 사람보다 사람 냄새가 나는 따뜻한 인간미가 넘쳐서 더 좋았던 듯하다.

1·4후퇴, 주위가 암울했던 시절, 나는 친구 김○중과 남하에 의기투합하여 함께 길을 떠났다. 우리는 기차와 버스, 트럭 등을 닥치는 대로 갈아타며 경남 마산에 도착했고, 은사 방위장교를 찾아 구호병원의 신세를 지기 시작했다. 우리 둘은 그곳 마산의 도립병원에 개설된 방위장병 구호병원에서 잡역을 하며 숙식은

모두가 같이 병원 구내 뒤 숙소에서 해결하였다.

나는 그곳에서 먼저 피난 와있던 엄형과 안형 두형을 만나 같은 방을 쓰게 되었고 또 연상의 간호원 H양을 만났다. 그녀의 집은 서대문 대현동인데 그녀는 더 일찍 피란 온 처지이고 그녀와 같이 피란 온 그녀의 친구 김○난 간호원과, S 누나 이○숙 간호사(정규직)들과 형들은 객지서 만난 나를 동생처럼 친절하게 보살펴 주었다. 아마도 전란중이라 정이 더 아쉽고 그리워서가 아니었을까? 요즘보다도 더 인간적이고 따뜻했던 것 같다.

그때 그곳에 앞으로의 호구지책이 없어 딱해 보였던 최재○ 양이 잊혀지지 않는다. 그녀는 황해도에서 피난 온 전직이 교사인 26세정도의 키도 조그맣고 얼굴도 미인과는 아니지만 몸매가 날씬하여 요즘 기준으로도 세련된 멋쟁이 아가씨였다. 가늘은 흰색 줄무늬가 있는 검정의 빤따롱처럼 넓은 바지에 하얀 깃과 소매 동을 손수 만들어 붙인 블라우스 위에 검은색 털실 자켓을 걸친 그녀의 모습은 마음이 혹할 만큼 참 상큼해 보였던 기억이 난다. 그녀는 가끔 찾아오는 엇나간 친구를 호되게 꾸짖는가 하면 유부남인 모지 지방기자가 유혹한다면서 그를 비난하며 불쾌해 하는 등 그녀의 반듯한 성품이 잊히지 않는다.

여자의 신문 배달이 귀했던 그 시절, 손이 탄다며 얇은사 장갑을 끼고 ○○일보의 배달을 막 시작하는 걸 보며 나는 군에 입대하느라 떠났으나 지금은 70대 후반은 되었을 그녀의 뒷소식이 참으로 궁금하다. 잘은 모르지만 친척 하나 없는 이 남녘땅에서 격에 맞지 않게 갑자기 닥친 가난이 너무 안타까워 제발 성공적인 삶이었기를 기대하고 기구(祈求)하며 문득 문득 생각나는 여인이다.

궁기농장자리에 있을 때다. 나와는 아무 대화도 교류도 없었던 어느 미스, 나보다는 연상일 듯한 그녀, 정작 내가 떠날 때에야 손수 수놓은 견장을 주며 "잘 다녀오세요." 많은 말을 함축한듯한 눈인사를 주었던…. 지금은 77~78의 얼굴이 어두워 보였던 군여고 출신의 미스 김! 내 생애에 첫 선물을 준 여성 미스 김! 그녀의 인상이 지금도 강하게 내 뇌리에 박혀있어 문득 문득 떠오른다. "부디 편안하시고 다복하십시오. 또 궁금도 합니다." 그리고 지금 80이 다 되었을 두 형, 서울 공대를 다니다 왔다는 안형과 공무원을 하다 왔다는 엄형, 모두 소식이 궁금합니다.

당시는 어떻게 하면 호구(糊口)를 해결할까가 절박한 시절이라 H양과는 3~4개월을 사귀면서도 손 한번 잡아보지 못했다. 그러나 내가 군에 갈 때 내 행장을 다 맡겼던 걸 보면 그녀를 의지하고 신뢰함이 컸었던 것 같다. 병원도 이미 폐쇄 명령이 나와 있어 해산이 임박한 처지이면서도 뒤늦게 합류한 우리 둘이 먼저 떠나게 되어 모두가 자신의 처지를 미리 보는 양 울먹울먹 많은 위로와 격려를 먼저 받았다.

그 해 5월경이던가, 친구는 제 아버지 친구인 박모 대령을 찾아 해군사령부로 가겠다며 떠났고 나는 마침 공군사병 11기생의 모집이 있기에 단지 호구해결을 목적으로 호적이 두 살이나 늦는 걸 세 살이나 올려 써서 응시했다. 시험 장소는 마산 무학여고였다.

시험 날은 아마도 공휴일인 것 같은데, 수학시험 시간에 교복의 여학생 둘이 '피타고라스의 정리'를 푼 종이쪽지를 복도 창 쪽에 앉아 있는 나에게 조금 벌어진 문틈으로 "보이소! 보이소!" 작은 소리로 부르더니 눈이 마주치자 던져 주는 게 아닌가? 나도 다 아는 문제라 도움은 되지 않았으나 전쟁을 치르고 있는 나라, 낯선 백사지 땅에서의 두 여학생의 친절한 마음씨에 지금도 감사한 마음이다, 지금은 60대 중반이 되었을 그 때의 그 무학 여고생 두 분께도 행복하시기를 빈다.

공군모집은 당시가 전쟁 중이어서 비교적 생명이 안전하다고 생각해서인지 교사 직장인 등 학력 높고 나이 든 지원자가 많았으며 사병 모집인데도 필기시험만이 아니라 영어회화 시험도 봤고 몇 대 1인지는 기억나지 않으나 경쟁율이 높았던 것 같다.

나는 1951년 6월(11기) 마산의 집결장소에 모여 군용차로 경북도 경산군 자인면의 목조 단층에 교실 10여 개의 자인초등학교에 설치된 임시 교육대에 도착했다. 학교를 멀리서 에워싸고 있는 산 준령에는 밤에는 공비들이 출몰한다 했다. 그런데 그 곳에는 경찰병력 5~6명의 경찰지서가 있을 뿐이고 군이라곤 우리 공군 신병교육대가 유일했다.

우리가 제일 처음 받은 훈련은 후퇴훈련이었다. 비상 사이렌이 울리면 무조건 뛰쳐나가 500미터 너머에 있는 저수지 옆 언덕 앞에 집결하면 대구로 후송한다는 것이다.

또 신병교육을 갓 시작한 어느 날은 우리 신병교육생을 집합시키더니 총을 쏘아 본 사람은 앞으로 나오라 하여 99식 장총 등 구식의 소총을 나눠주고 총 못 받은 신병에겐 노획한 중공제 수류탄을 주며 허리에 차라 하고 부대 밖 3~4킬로의 산 밑까지 가서 밤을 거의 새우며 외곽 경비를 서기도 했다. 나는 동료 1인과 연락병이 되어 밤길인데다 지형도 전혀 모르는 길로 본대로 연락 다니느라 무척 무서웠던 기억이 난다.

그리고 밤에는 우리 교육대의 유일한 중무기인 기관총 1대를 운동장에 갖다 놓고 기간 사병들이 밤새워 산을 향해 위협사격을 해대어 잠을 편히 들 수가 없었다.

군 입대 후 몇 년 후다. 당시는 군사열차가 없던 시절이라 市(도시)의 외곽 진출입로에 주유(駐留)하는 헌병검문소에 가서 기다리다가 지나가는 트럭 특히 휼병감실(恤兵監室) 명판을 써 붙이고 후생사업을 하는 트럭을 만나면 그 트럭이 가는 방향으로 가는 장병들이 짐 위에 올라 타고 가다가 갈림길에 닿으면 내려 다음

차를 기약 없이 기다리다 헌병의 협조 하에 다음 오는 차에 환승하여 가는 '릴레이' 환승이 불가피한 여행(통행)방식이었던 그런 시절이다.

그후에 RTO라는 군인열차가 생겼고 큰 역마다 군인이 주류하는 RTO 사무실이 생겨 여행하는 장병들은 휴가증이나 외출증을 RTO 창구에 내밀고 휴가증 등 뒷면에 고무도장을 찍고 확인을 받아 열차에 승차하였다. 요즘은 TMO라 한다던가? 역에 TMO 창구가 보이지 않으니 시스템이 바뀐 것 같기도 하다.

아무튼 당시는 전쟁기의 제도 미비로 군인도 일반인처럼 표를 사야 기차를 탈 수 있었던 그 시절, 가끔 내무반에서는 열차 차장과 호통을 치며 싸워 공짜로 기차를 탔다는 얘기를 무용담처럼 자랑삼던 시절이라 전근 가는 우리 일행은 공무 출장증을 소지하고 당당히 대구역에서 기차에 승차하여 기분이 좋았던 생각이 난다. 우리는 종착역인 영등포역에 내렸다.

우리 일행은 마중 온 부대의 트럭으로 환승하고 노량진에 이르니 등화(燈火)가 관제(管制)되어 캄캄했다. 트럭은 인도교 입구에서 한·미 헌병의 검문을 받고 캄캄한 다리를 통과하여 삼각지에 이르니 전깃불이 밝혀져 있다. 기억이 애매하지만 이때 일반인의 한강도강은 금지됐던 듯하다.

우리는 연희대(현재 연세대)에 주둔한 한미 합동부대에 도착하였다. 우리는 부대 선임하사로 부터 당장 내일 아침부터 미군들과 같이 식사를 하여야 하는데 조심하고 에티켓을 지켜 실수가 없도록 하라는 사전 주의도 들었다.

첫 외출 때 나는 H양의 집을 찾았다. 집이 가까워 쉽게 찾았다. 그녀는 이미 결혼을 했다는 것이다.

당시 우리 부대의 식사는 미군과 같이 미군 트럭을 타고 이화여대(미군 식당)로 다녔는데 식당 입구에는 오렌지나 바나나, 담배, 껌, 초콜릿, 콜게이트 치약 등 일상용품들이 놓여 있었다. 우리들은 오렌지 두세 개씩을 휠드 자켓에 넣고 나와 트럭을 타고 부대(연희대)로 귀대하는데 도중은 우측으로 야트막한 언덕받이에 소형 목조건물들이 드문드문 있었고 지금 가늠할 수는 없지만 지금 연대병원의 영안실 근처일 듯한 길가에 울담도 없는 허름한 기와집이 있었고 그 집엔 50여세 정도의 아버지와 17~8세의 딸 그리고 12세 정도의 남동생이 사는 게 보인다.

그 아가씨는 한 가닥으로 땋은 머리에 시커멓게 때가 절은 흰색 저고리와 검은색 광목의 짧은 통치마를 입었던 것이 선연하다. 우리는 그 아가씨를 향해 매일 매회 그 집 마당에 오렌지 등을 다 꺼내 던져 주었다. 나중에 들은 얘기지만 그 집에선 그 오렌지를 아현 시장에 내다 팔아 생활에 보태었다고 한다.

나는 나의 군 생활 4년 3개월 중 중반기 약 2년여를 이 부대에서 근무했고, 마지막으로 전파관련 통신부대로 옮겼다가 6·25 휴전 후 공군 첫 전역 대열에 끼어 1955년 9월에 일등중사로 제대했다. 친구 김○중도 육군 중위로 전역했는데, 훗날 보니 모 사립고등학교 교사로 봉직하고 있었다.

내 나이 30대초 후반, 한 아이의 아비로서 군○시청 총무과에 근무할 때다. 하루는 둔율동 직원으로부터 6·25때의 그 H양으로부터의 편지를 전해 받았다. 아들 하나를 두었고 남편이 바람을 피우느라 집에 들어오지도 않는다는 신세타령과 언제 한 번 만나 줄 수 없겠느냐는 내용이었다. 남동생이 공군이라 내 주소를 수소문하여 편지를 보낸 건데 주소가 맞지 않았으나 동직원이 내 이름을 알아보고 직접 전해 받을 수 있었던 것이다. 반가웠다. 편지를 읽으니 나도 한번 만나보고 싶었다. 0월 0일 오후3시반 중앙대학교 정문 앞에서 만나자고 답장을 보냈다.

나는 당시 공무원으로 근무하면서 틈틈이 공부하여 고등고시 사법과에 도전하고 있었으나 거듭 실패할 때였는데 마지막으로 한번만 보고 포기하려고 마지막 응시원서를 내고 있을 때여서 시험이 다 끝나는 마지막 시간에 맞춘 시간이다. 나는 시험을 끝내고 시험동료 일행들과 함께 정문으로 걸어 나오며 건너편 가게 옆에 혼자 서있는 그녀를 발견했다. 가볍게 때가 묻어 보이는 검정 옥양목(?) 치마저고리를 입고 서있었다.

모험을 해야 하나? 가슴은 내키는데 머리가 제지한다. 우리 일행의 친구가 자기가 쓴 답을 설명하는 말이 계속되는 중에 순간 생각이 '만날까, 말까' 망설이며 허둥지둥 멀리 스쳐 지나고 학교 앞 여관으로 돌아와 편지를 썼다. 만나는 것 보다 만나지 않는 편이 나을 거라며 나를 잊고 열심히 살라는 내용의 글을 띄웠다.

기사도를 발휘하지 못한 내가 잘못인지 지금도 궁금하다. 부디 그 후가 행복하셨기를 바라며 역시 궁금도 합니다.

머언 길

찾는 이 드문 궁곡(窮谷)의 산사(山寺)
싱그럽고 풋풋한 산내음
그 짙은 여향(餘香)으로
경건(敬虔)이 숙연하게 엄습해 오고

석담(石潭)에 흐르는 맑은 물내음
그 청정한 물소리에
내 맘속에 낀 때조차
부끄러워 만망해지네.

노승(老僧)의 한(恨)이 서린
낭랑하고 청아한 독경(讀經)소린
내 정수리서 발끝까지 꿈틀대는 오욕(汚慾)도
침잠하며 고요해지는데

이 감로수(甘露水) 한 바가지 떠 갈증을 풀으니
무념(無念), 무욕(無慾), 무사(無思)로
해탈(解脫)된 충만감이 차오르네

아! 이 덧없는 인생
명예도 욕심도 다 버리고
인연도 벗어

나 정녕 속(俗)을
벗어나 이제라도
머언 길을 떠나 볼까나?

※ 필자는 가톨릭신자이나 이 그림을 완성하고 떠오르는 소감을 적어보다.

2

나의 가족

아내 박상주 교장의 퇴임식

제주 박물관 앞에서 아내와(1987.)

아들 진과 균(아파트 놀이터에서)

장남 진의 대학원 졸업식 기념

차남 균의 대학 졸업식장에서

나의 아버지

회고하면 애증(愛憎)이 많은 아버님이시다. 나를 낳으시고 키워 주셨으니 고마운 부모님이라는 상투적인 언어를 떠나서 어려서 아버님은 막내인 나에 대한 기대가 크셨나보다. 어렸을 때부터 서당에 보내 천자문을 익히게 하고 서당 벽에 붙여놓은 언문이라던 한글 140자를 써 붙여 주시며 익히게 하셨다. 나는 불과 1-2시간 만에 이해하고 말았다.

물론 붓도 먹도 구할 수 없어 나는 밥상 판 같은 판자에 끈을 매달아 지고 서당에 가면 붓으로 물을 찍어 상판에 쓰는 것은 글 모양과 글씨의 연습이었다. 붓도 비싼 붓이 아니라 돼지털을 손가락만큼 꾹꾹 묶고 가는 대롱에 금을 내고 집어넣고 꼭꼭 묶은 것이 붓이었다.

내가 다섯 살 무렵이던가. 아버지가 방귀 뀌셨다고 내가 빗자루를 들고 아버지를 때리겠다고 쫓으니 돌아서서 이놈 하면 끝날 일을, 나를 피해 도망가는 척해서 아버지는 방으로 광으로 도망가는데 때리겠다고 쫓아 다녔던 기억이 지금도 난다.

내가 천자문을 떼었을 땐가, 책을 안 보고 천자를 쓰면 상을 주겠다 하시어 죽기 살기로 천자를 쓰고 은화 50원(당시로는 큰돈)을 받았던 기억도 또렷하다.

〈명심보감〉을 끝내고 나니 병석에 누워 계시는 동네 노인을 찾아가 나를 가르쳐 주라고 하셨고, 배우는 동안 마음이 불편했던 기억이 난다. 아버지는 나를 가르치는 선생마다 찾아가서 내 성적을 묻곤 공부를 잘한다고 장래에 대성할 거란 말을 들으셨고, 나에 대한 기대가 크셨던 듯싶다.

할머니가 돌아가셨을 때다. 축문 쓸 차례가 되자, 글 좀 한 사람을 찾으려 하자, 우리 애가 잘 쓴다며 그토록 자랑하고 싶어 하셨던 아버지이시다. 나는 아버지를 실망시켜 드리기 싫어서 서식을 보고 그 자리에서 쓰곤 했다. 육십간지(六十干支)도 그때부터 배워서 아버지의 아들자랑 놀음에 뒷받침했다.

아버지는 농사일은 하기 싫고 어디론가 뜨고 싶으셔서 가족 중 셋째 형만 할아버지에게 맡겨둔 채, 일본으로 솔가하여 떠났다. 당시 일본에 처음 간 한국인이 무얼 했을까! 집안 살림이 많이 힘들었던 듯하다. 당시 기억나는 건 2층집에 살았는데 아버지가 아이 비명을 듣고 화장실로 뛰어가 보니 4살 먹은 내가 나무발판을 잡고 매달려 있어서 간신히 구해냈다는 소리를 어려서는 가끔

들었다. 일본 집 화장실은 상하층이 서로 터져 있어 손을 놓기만 하면 아래층 통으로 떨어져 구해낼 방법이 없는데 용케 구하셨단다. 그런 아이는 명이 길다는데 그래서 내 나이 85세, 지금까지 살고 있는 것인가도 싶다.

일본으로 떠난 지 3년이 지난 어느 날, 할아버지가 위독하다는 소식을 듣고 우리 가족은 무릉리로 귀국하였다. 그 즈음 동네에 장질부사가 만연하여 금줄을 치고 통행을 막았다. 나도 그 병에 걸렸다. 지금도 고마움을 잊지 못하는 것은 신평곶(제주출신만 아는 들길), 원시의 땅처럼 발에 걸릴 만큼 사람머리만한 돌들이 널려있는가 하면 무릎에 채일만한 잡목들이 산재해 있어 길 걷기도 험하고 힘든데, 금줄을 몰래 넘어 모슬포 약국까지 거의 매일 1-2회 아버지와 형들이 번갈아 다녀왔으니 죽어서도 고마운 일이다.

이젠 농사지으며 잘 사시려나 했으나 또 병이 도지셨다. 일본에 살다 피난 바람이 불어 고향 제주로 온 미쓰소로이를 만났다. 아버지는 금테안경에 미쓰소로이를 입은 지○을 씨가 경제도 밝고 세상물정도 밝은 분으로 생각하여 따르려 했다. 마을 사람들은 그분 별명을 미쓰소로이로 불렀다. 그분은 충청도 쪽에 땅을 샀다고 했다. 아버지는 사전 답사 차 현장 구경을 다녀오시더니 도저히 떠나 살 자신도 없고 가고 싶지 않다고 하셨다. 여자가 사오십이 되면 바람 쏘이고 싶은 심정(차라리 관광 여행이라도 종종 다녔으면 그렇지 않았을 것을)에선지 어머니가 가야 한다고 우기셨다. 어머니의 기에 눌린 아버지는 싫어도 어쩔 수 없이 이사 가기로 결정을 하셨다.

아버지는 문 닫는 가게 투매하듯 집, 땅을 모두 팔고 소금절인 방어 몇 마리를 사셨다. 그리고 1945년 2월 24일 일과리 앞에서 범선을 타고 미쓰소로이 가족, 그 누님네 가족, 우리 가족 등 세 가족이 고향을 떠났다.

아버지는 이사는 왔지만, 고향서 밭 가지고 사시던 분이어서 땅 한 평 없는 것이 불안하셨는지 논을 사는데, 안면도 없는 그 동네 사람보다 우리 대장이요, 미쓰소로이네 그분이 산 논 4000평을 샀다. 미스소로이네 역시 농사를 지을 줄 모른다. 아버지 또한 농사법을 모르니 놉을 얻어 논 갈고 못자리 내고 모심기까지 하여 모가 어느 정도 잘 자랐다.

그러나 1945년 6월, 비가 억수로 쏟아져서 논은 1주일 이상 물에 잠기고 논 위로 배가 다닐 정도니, 그 동네 사람들은 그 논을 수침 논이라 하여 사지도 않는 걸 우리가 속아서 산 것이다. 안 되는 사람은 자빠져도 코가 깨진다더니 이것이 우리 가족의 운명이요, 아버지의 운명인 것을 어쩌겠는가? 미쓰소로이 지O을 씨는 해방이 되자, 고향으로 돌아가 모슬포 시장에서 포목 장사를 하고 있었다.

아버지의 두 번째 비극은 중풍에 걸려 누워계신 일이었다. 어머니는 가계에 도움이 되고자 시장에 가서 장사를 하셨고, 형은 돈

벌러 객지에 나가 있었으며, 나는 공군 통신하사관 교육 중이어서 집안에는 형수만이 아버지와 함께 살았다.

그러던 어느 날, 아버지는 갑자기 돌아가셨다. 나를 얼마나 많이 많이 보고 싶어 하셨을까?

"아버지, 나를 지극히 사랑하셨던 아버지, 늦었지만 고맙습니다. 효를 다 못 해 죄송합니다."고 고하며 군산에 있던 아버지 묘소를 분당 메모리얼 파크로 이장하여 가족이 자주 찾아볼 수 있게 했다.

그리운 유년을 회고하며

돌아보니 어렸을 때 고향생각이 진하게 나고 유년의 기억이 토막토막 떠올라 이 풍경들을 하나로 묶어 사라져가는 사투리와 고향의 풍경들을 써 본다.

사투리 – '절 울음소리'

내 집은 대정 보성에 있었다. 태풍이 불어올 땐 하늘엔 검은 구름이 날고 남쪽 대양서 불어오는 바람이 제주 해안에 부딪혀 남쪽 일과리 바닷가 모슬봉 건너에 있다. 직선거리로 10km나 됨직한 거리에서 파도에 실린 바람소리가 어린아이의 울음소리처럼 들린다. 어려서 나는 부모님께 이게 무슨 소리냐고 물으면 '절 울음소리'라 하셨다. '절 울음소리'의 절은 물결의 결자가 변한 결 울음소리라 짐작해본다. 요즘도 눈감고 누우면 절 울음소리가 연상되어 실제 들어보고 싶을 때가 있다. 고향이 아닌 인천바닷가에라도 가서 '절 울음소리'를 들어보고 싶다.

사투리 – 산 도록

백중날엔 어머니는 나를 데리고 일과리 바닷가 민물을 찾곤 했다. 그리고 내 윗도리를 벗기고 민물에 적신 수건을 등짝에 덮어 땀을 닦고 민물 한 사발을 떠 마시게 했다. 이때의 느낌이 '산 도록'한 것이다. 갈증난 목을 내려가게 하고 등에 차가운 물이 내려갈 때 '산 도록'하다고 하는 것이다.

간이학교(簡易學校)

우리 면 최초의 학교인 대정국민학교가 1911년에 제주에서 2번째로 개설되었다. 1940년인가, 초등학교에 수용되지 못한 과령자들을 교육기관으로 수용하기 위해서 초등학교 관할 내에 2년제 1학년 1반, 2학년 1반하여 1교실에서 1교사가 동시수용교대수업을 진행하는 부설 간이학교가 생겼다. 교재는 국민학교 6년 과정을 압축하여 편성되었다.

우리 면엔 북쪽 끝 구억리에 '대정국민학교 부설 구억 간이학교'가 생겼다. 간이학교를 졸업하면 실력과 나이를 감안하여 초등학교로 편입이 가능했다. 초등학교를 졸업하면 면서기를 하던 시절이라 간이학교를 졸업해도 그 실력을 꽤나 인정했던 듯하다.

이궁(二宮) 석상 배치

학교 동쪽(보안전이 있는 쪽)에 나뭇단을 얹힌 지게를 지고 손엔 책을 든 이궁준덕(二宮尊德)이라는 주경야독하는 활동가의 석상이 새워져 문(文)을 숭상하는 기풍을 조성하는 듯하다.

송진, 마초 채취

학교 뒷마당에 밑에 구멍 낸 항아리를 황토 흙으로 싸서 아궁이를 만들고 학생들이 따다 낸 솔괭이를 담아 밤새 불을 때면 검은 콜타르 같은 액체가 나오고, 이를 수집하여 군에 내는가 하면, 띠밭에 잡초처럼 자라는 마초를 베어다 군납하기도 했다.

보리갈이

골목에서 우리 집으로 들어가면 가운데가 대문이고, 왼쪽은 소 외양간, 오른쪽은 멍석 같은 것을 보관하는 광이 있었다. 소는 한 마리 또는 세 마리가 외양간에 매어 있었는데, 보릿대나 조대 등을 주면 소가 먹다가 나머지를 밟고 똥오줌을 싼 것을 몇 달에 한 번씩 모아서 돼지우리에 넣는다. 돼지우리의 두엄은 일 년에 한번 퍼서 마당에 펴 놓고 소를 몰아 밟도록 하여 평평하게 만든 뒤에 보리씨를 뿌리고 다시 소를 몰아 밟게 하면 보리씨앗과 두엄이 섞인다. 섞인 것을 망태기나 달구지에 실어 밭에 곳곳에 부려 놓는다. 부인네들은 큰 덩어리진 두엄을 주먹크기로 떼어서 밭에

흩트려 뿌리고 남자는 쟁기를 소에 채우고 갈아엎으면 보리심기가 끝났다.

그리운 유년시절, 정겨운 사투리들이 귓가에 맴돈다.

사랑하는 손녀 정우와 나연에게

앞으로 점점 글짓기가 중요해지고 있는 건 너희도 잘 알고 있지? 어려서는 글짓기이지만 커서는 작문을 써야 하고 더 커서는 논문을 써야 한단다. 그래서 이 할아버지가 "정우야, 나연아! 편지를 쓰는 것도 글짓기의 공부"라며 편지를 쓰자고 했지?

글짓기에서 소설 등 문예물일 때에는

글에 정이 있고, 의미가 주어져야 하며, 마음의 갈등도 그리면서 향수와 이상, 꿈이 담겨야 한다고 하지만 논문을 쓸 때에는 주제에 따라 기·승·전·결 즉 서론 본론 예증 결론과 같은 순으로 쓰는데 신문 사설과 컬럼을 즐겨 읽으며 자주 써 봐야 한단다.

헌데 교육 전문가들은 초등학교 시절에 자기희생, 공정성(이건 정의감이기도 함)을 익히고 배워 도덕적 가치가 내재화되어야 한다고 하는데, 너희에게도 이 도덕적 가치가 내재화되어 있는지 궁금하구나. 그것이 걱정되어 이 할아버지는 신문을 바로 보라고 이르는 것이다.

논문의 기조는 사회정의가 주조이어야 하여서 이 할아버지가 이 카페 [자료용 글 모음]에 읽을거리를 담아 두었으니 꼭 열어 읽어 논문 쓰는 데 도움되게 하여라.

또 다른 사례를 들면

세종대왕은 왕이 되자마자, 초대 영의정에 자신이 임금되는 걸 반대한 황희를 앉힌 일. 또 1960년대 말 베트남전쟁에 반대하는 미국 하버드대생들이 대학 건물을 점거했을 때, '네이턴 퓨지' 총장은 교직원들과의 격론 끝에 경찰을 불러 점거사태를 해결했다. 그리고 임기가 남았는데도 이사회에 사표를 내고, 경찰을 불러들이는 것을 앞장서서 반대했던 법대학장 '바크' 교수를 후임총장으로 지명했단다. 이때 그가 남긴 한마디가 "나의 시대는 이미 지났다"는 유명한 말이다.

자신의 능력과 한계를 아는 사람의 자진 사퇴로 하버드대는 계속 발전할 수 있었다. 품과 폭이 큰 포용력과 균형감이 아니겠니? 자기와 같은 고향사람에, 동창생이고 같은 교회 다니는 사람만을 골라 장관시키는 나라의 국민, 이를 비판 않는 신문을 봐야 하는 독자는 불행감을 갖게 한단다.

[명상 노트]도 읽어 명상하며 정의와 아량을 음미하여 보아라.

가치관이 바르게 정립되어야 점수가 잘 나오는 바른 글을 쓰게 된단다. 좀 어렵겠지만 이해하도록 노력하여라. 삶에 양식이 될 것이다. 그럼 성공적인 공부가 되길 바라며 이만 접는다.

나의 사랑하는 손녀들아.

제주에서 띄운 편지들

[제1신]

한 송이 국화꽃을 피우기 위하여 그 하 많은 세월을 진통 겪었던 것처럼, 오랜 세월 진통 끝에 겨우 얻어진 영광이기에 기쁨 또한 크기만 하군요. 기내에서 읽은 당신의 글은 내용처럼 마음이 놓아지는 것이 아니라 당신에게 더 큰 짐을 지워준 것만 같아 미안함에 눈물을 닦느라 옆자리의 시선이 닿을까 괴로웠습니다.

제주 공항에 도착해 보니 늦은 시간인데도 전 직원들이 마중 나와서 부담스러울만큼 고마웠고, 바로 등청(登廳)하여 취임식 그리고 환영연에 참석했지요. 저녁엔 장(莊)급 여관에서 하룻밤을 쉬었소. 물론 차편에 직원들이 동행하여 온갖 편의를 다 돌봐줬소.

토요일인 오늘 오전은 관내 법원장, 제주신문사, KBS, MBC, 도청의 부지사 등 간부, 경찰국장, 도교육위 등 순방 신임인사하고 왔지요. 점심은 내가 과장급 이상에게 대접하였소.

여기는 도내가 단일 통화권이라 용진엄마에게 여러 차례 전화하였으나 받지 않다가 저녁에야 겨우 통화했는데 팔을 다쳐 고생 중이라 하였소. 하숙집은 주인이 외출 중이라 저녁까지 기다리다 6시 경에야 집에 들어갔고, 하숙비는 월 12만원이라 하네요. 집은 허술하나 바로 담 너머 광양 성당이 있고, 사무실과도 걸어서 10분 거리라 정하였소. 2층인데 마루 건너로는 관세청 주사 2인이 합숙하고 그 옆방은 대학생 2인이 합숙하고 있네요. 이불도 준다 하나 내 것을 쓴다 하였소.

난방은 연탄보일러이고 화장실이 옥외 계단으로 아래층으로 내려가야 해서 조금 불편하나 견딜만 하고 와이셔츠는 다려 주지는 않으나 세탁은 해준다 하니 다행이구려. 아들이 서울대 2년에 재학한다는 50대 아주머니가 주인이요. 저녁도 그런대로 먹을 만하오.

석간 제주신문을 보니 본사 내방관련 기사난에 나의 방문기사도 실려 있었소. 저녁 후 휴지, 양치질 컵, 실내화, 귤을 사가지고 와서 옆방에도 나누어 주었소. 내일은 짐정리하고 미사에 참여할 예정이요. 참 직원들이 심심하겠다고 내 사무실 방에 흑백 TV를 갖다 놓고 갔소. 〈노다지〉 중간쯤부터 쓰기 시작한 글이 지금 9시 20분, 뉴스가 계속되고 있소. 그럼 안녕히.

1986. 11. 8

진에게

진아! 요즘은 어떠니? 약을 꼭 먹도록 하고, 공부에 너무 신경 쓰지 말고 건강부터 챙기도록 하거라. 아버지의 마음은 너를 위하는 마음으로… 마음뿐임을 명심해 다오. 내일은 너의 건강을 위하여 미사에 참석하여 열심히 기도드리겠다.

착한 경혜야!

요즘은 아빠가 없어서 아무래도 너의 마음 쓰임이 크겠구나. 아버지의 영광을 위하여 너에게 고생을 안겨주고 너에게 부담감을 주면 어쩌나 걱정이 크다. 그러나 너의 그 부족감이 충족시켜 주시라고 너를 위하여 기도하겠으니 가족 모두의 평화를 위하여 조그마하나 역할할 것을 부탁한다.

막내 균아!

처음 맞는 고3 입시에 아빠, 엄마 모두 바빠서 온통 쏟아주지 못하는 마음을 헤아려다오. 여기 하숙집 아들은 끼니를 굶고, 고교 수업료도 못 내고, 우유 먹는 것이 소원인 여건에서도 오로지 공부에만 열중하여 기필코 이루겠다고 벼르더니 서울대에 갔다는구나. 문제는 너의 의지다. 굳은 마음으로 너무 긴장하지 말고 평상시대로 시험시기가 얼마 안 남았으니 서서히 리듬 조절에 유의하여라. 물론 너를 위하여서도 내일 기도하겠다. 그럼 안녕.

– 아버지가

존경하고 사랑하는 벗님에게

맑푸른 태평양을 건너 11월 7일 이 곳 탐라에 왔습니다.

가을답지 않게 물기어린 푸르름이 오늘 아침의 덕인지는 몰라도 매연에 길들여진 나에겐 참으로 신선한 충격이었습니다. 더구나 이 곳 직원들의 순박한 따뜻함은 어머니의 품과 같이 몸과 마음을 포근히 감싸주어 항시 그리던 고향을 찾은 기분입니다.

그러나 시간이 가고 겨울이 오면 아마도 외롭고 쓸쓸함에 겨워 따뜻한 여러 벗님들의 곁을 서성일 것만 같은 불안도 벌써부터 고개를 쳐들기 시작하는 모순도 잉태되어지고 있음을 부인할 수 없군요.

이제 나 자신은 이런 목가라도 전하고 있지만 여러 벗들에겐 미안한 마음뿐이고 위로의 말을 드릴 길이 없음이 안타까울 뿐입니다. 그러나 희망을 버리지 마시라는 것이 나의 간절한 뜻입니다.

그리고 이번에 자리바꿈을 한 벗들과의 서울에서의 만남에서 치르어야 할 일들을 서로 걱정하게 되었고, 11월 16일의 만남도 부득이 내년으로 미루자는 결론이어서 섭섭하지만 우리 서로 마음 다독이며 내년을 기약합시다.

내년 다시 연락드릴 때까지 몸 성히 그리고 뜻하시는 일이 순조로우시기를 빌면서

1986년 11월 8일 제주에서 재규 드림

주님의 은총이 당신과 우리를 지켜주시기를 기구하며

[제 2 신]

학기 초에 연구물까지 겹친 요즘 얼마나 고생이 많으오?

어려울 때마다 기도로 극복하기를 비오. 전화로 못다한 말을 적으려 이 글을 쓰오. 지난 2월 23일 통증이 있었던 날부터 줄곧 아침, 점심을 죽으로 하고 있소. 체중도 줄이고 돈도 절약되니 일석이조(一石二鳥)가 아니요? 죽을 들고 다니기 위하여 이곳 연금매점에서 보온병을 11,400원에 샀으니 적어도 19일간은 죽을 먹어야 보온병 값을 구상(求償) 받아지는 게 아니겠소.

허나 죽을 오늘까지 16일간 먹어보니 시원찮은 밥보다 편해서 좋소. 앞으로도 죽은 계속 들 생각이오.

자식에 있어 부모란 하느님이요, 하느님과 같은 인내와 너그러움만이 부모가 지녀야 할 도리라 생각하오. 유안진 시인은 그의 수필집에서 "자식이란 부모의 기대 이상이 아니라 슬픔과 눈물의 대상이며 아플 때 부모를 찾는 것이요. 그리하여 아이들이란 자랄수록 부모에게 즐거움을 안겨주기보다는 눈물과 용서를 강요한다."고 썼더군요. 결국 부모의 길이란 끝없는 희생이 요구되는 형극의 길이요, 무작정 무한의 짐을 져야 하는 것임을 나는 이제야 깨달았소. 그러니 우리가 하느님과 같은 너그러움을 갖지 못한다면 진즉 부모의 상(像)을 깊이 자각하지 못함을 후회해야 할 거요.

그런데 나는 부(父)로서만 부족한 것이 아니라 부(夫)로서도 부족함을 자책하면서 당신에게 거듭거듭 사죄하는 도리밖에 없음을 깨닫고 있소. 어쩌다 집에 가도 반가움은 잠시 뿐이고, 정작 떠나올 때는 미해(未解)의 장을 남겨둔 채 껄끄러운 속감정을 다독이며 건성의 인사로 집 떠나는 일을 되풀이하였으니…. 부(父)나 부(夫) 이전에 나 자신이고 싶었던 이기적이었음에 나는 지금 나 자신을 자책하고 반성하며 이 글을 쓰고 있소.

나도 이제 죽음의 준비를 해야 할 나이에 이른 것 같아 훌륭한 아버지나 남편을 물려주지는 못할지언정 빚을 물려주는 아버지는 되지 않기 위하여 인색의 노력을 시작하는 것이니 이해와 협조를 바라는 거요.

그러나 나의 오늘을 있게 한 당신! 욕심이란 아무리 부려도 얻지 못하는 것이 있다는 것을 남의 일에서 보면서 한갓 자위를 하오마는…. 나는 세상에 왔다 어디에 무엇을 기여했나를 되돌아보면 참으로 부끄럽고 죄책감을 느껴 다시 태어날 수도 없고 이제 지금부터라도 바람직한 삶을 열심히 살려 결심하고 있으니 우리 서로 노력합시다.

1987. 2.

5월을 보내며 사랑하는 당신 앞에

[제 3 신]

어린이날과 어버이날 그리고 스승의 날이 들어있는 가정의 달 오월이 다 지나가고 있소. 올해의 오월은 유난히도 나에게 아픔과 눈물을 흘리게 한 달이었소. 객지에 있다 보니 더욱 마음이 여려진 탓이 아닌가 모르오.

눈물의 서장(序章)은 당신의 편지이었소. 내가 남기고 온 메모는 당신에게 눈물을 머금게 하려는 뜻이 아니었고 다만 나의 진심과 진실만을 적고 온 것인데, 당신 마음이 아팠다니 거기서 울었네요. 항상 피곤해하는 당신에게 보약 걱정은 못 해주고 있는데 오히려 절약만 하라고 강요하는 처지인데 오히려 내 나이를 의식하고 보약걱정을 해주니 또 울었소.

본시 내 성격이 외로움을 좋아하긴 하지만 누군가가 알아주었으면 하는 모순의 허위의식은 나의 감정도 어린애가 되어가나 보오. 그런데 당신이 어린애 같은 그 허위의식의 감정을 자극하여 버렸으니 애틋한 감정에 눈물이 복받칠 수밖에 없었나 보오. 조금만 참읍시다. 우리 앞에도 서서히 광명이 오고 있지 않소. 우리의 앞날은 분명히 밝을 것이라 나는 확신하오.

스승의 날 당신에게 보내는 전문을 우체국에 가서 불러줄 때는 마침 라디오에서 〈스승의 은혜〉 노래가 흘러나오고 있어서 내 목소리가 울컥 젖어 있어 우체국 직원도 잠깐 당황한 듯 하였소.

연이어 들려오는 요즘 유행하는 〈부부의 노래〉를 들으며 우리는 일생을 어떻게 살아왔나 돌아보고 반성하며 당신에 대한 나의 부족함 때문에 얼마나 자책하고 울었는지 모른다오. 직원들은 결재 받으러 들락거리지, 나의 눈은 충혈되고 젖어있지, 손수건을 든 채 서류를 보기 위한 듯 눈을 내리깔고 간신히 위기를 넘겼소.

스승의 날이 돌아오면 나는 남달리 교사가 존경스럽고 스승이 그리워집니다. 나만큼 스승을 우러르고 존경스러워하는 사람도 그리 많지 않을 것 같소. 스승이 세상에서 무엇보다 거룩하고 존경스러운 것은 스승의 고귀한 삶의 지혜를 가르치는 직(職)의 훌륭함에 대한 애경심(愛敬心)도 있지만 나에겐 스승이 없기에 더욱 그런 것이 아닌가 자문해 보오.

비록 나에겐 존경하는 스승이 없지만 그 직을 몸소 실천하고 그 길을 걷는 스승인 당신이 내 옆에 있기에 나는 얼마나 다행으로 자위 자족하는지 당신은 모를 거요.

오늘이 5월 28일 밤 10시 45분, 진즉 편지를 쓰려 했지만 사무실에 일이 있어서 감정을 정리할 겨를이 없어서 늦어졌을 뿐이오. 엊그제 전화했을 때, 당신 목소리가 심상치 않아 지금도 걱정이고 궁금하오. 나는 거의 매일 아침, 데레사 당신과 안드레아, 리디아, 도밍고를 위해서 기도를 바치고 있소. 우리의 기도 그리고 아이들의 기도가 생활화하도록 도움 주어요. 우리가 서로 떨어져 있어도 자주 만날 수 있는 길은 기도를 통하여 만나는 거요.

나의 간곡한 부탁은 늦어도 밤 열시에는 꼭 자도록 하시오. 나는 요즘 서머타임 이후 시차 적응을 못해 아침 산책을 못 하고 있소. 일찍 자지 않으면 건강을 지킬 수 없소. 아이들과 함께 일찍 자고 일찍 일어나도록 노력해 보시오. 불조심하도록 하고.

1987년 5월 28일

[제 4 신]

당신, 그리고 진, 경혜, 균! 모두를 아버지는 사랑한다. 날씨는 추워지고 마음도 움츠려들고 귀소(歸巢)의 본능으로 더욱 보고 싶고 사랑하게 하는구나. 하지만 참자구나. 더욱 즐거운 만남을 위해서 말이다.

어제 당신과 통화 후 중앙으로부터 온 전화에 의하면 12월 15일경 국장회의가 있다니 13일경 상경, 16일까지 출장, 19일까지는 집에 있어질 것 같구나. 그리고도 연말이면 연휴가 계속되므로 12월엔 서울에 체재하는 기간이 많을 것 같다. 그 안에라도 집에 특별한 일 있으면 올라갈 수도 있겠다. 허나 항공비가 왕복 7만원이 소요되므로 우리가 서로 참는 것도 절약을 위해이기도 하니까 말이다.

오늘 오후에는 조상님 산소에 성묘갈 예정이다.

1987. 11. 15.

제주에서 아버지가

혼자 애쓰는 당신께

[제 5 신]

오늘 따라 창밖엔 하이얀 함박눈이 흩날리고 있소.

서울도 눈이 많이 내리고 있다는 방송을 듣고 있소. 지금 막 언제나처럼 냄비우동으로 점심을 때우고 집에서 가지고 온 트로이메라이 음악을 들으며 뜨거운 엽차를 들자 문득 집 생각이 나서 이 글을 쓰고 있소.

밖은 함박눈뿐만 아니라 세찬 바람이 창문을 두들겨대지만 조그마한 가스히터를 옆에 켜 놓고 당신 스웨터를 걸쳐 입고 쇼파에 깊숙이 앉아 있어서 남 보기엔 사뭇 안락스러워 보일 것이요. 하지만 경혜의 시험결과에 대한 초조와 불안, 진의 진로 문제, 균의 좌절을 극복하려는 노력 그리고 무엇보다도 당신의 아이들로 인한 고통, 형제들, 학교문제, 가톨릭 교사회, 연구, 가사 관리 등 너무 힘겨운 짐 때문에 얼마나 어깨가 무거울까? 위로의 말로는 부족할 것이요. 올해는 무언가 잘 풀릴 것 같은 예감이니 희망을 가집시다.

인생이란 어차피 고해(苦海)인데 얼마나 잘 참고, 얼마나 슬기롭게 고해의 바다를 건너 빨리 행복의 대안(對岸)에 닿느냐가 인고(忍苦)와 지혜의 여하에 있는 것 아니겠소? 적어도 우리들에겐 극복에 자신이 있다고 나는 자부하오. 나를 믿고 따라오기만 해요. 그럼 건강한 개학이 되기를 빌며 이만 줄이오.

1988년 2월 3일

〈추신〉 : 경혜야! 오늘 경혜 논술고사 날인데, 빙판에 날씨마저 추우니 격려와 위로의 기도를 바칠 뿐인 아버지를 용서해다오.

—아버지가

통공 여행

10여 년 전인 1995년 가을, 내가 퇴직하고 여행길에 나서기 시작하면서 국학연구소의 가야사(伽耶史) 탐방단체에 끼어 김해 김수로왕 묘에 갔을 때다. 나는 사무소에 들러 허 왕후의 후손이온데, 배례를 올리겠노라 청했더니 검은 제복과 건을 주며 입으란다. 그들도 두 분이 헌관이 되고자 검은 제복을 갈아입고 묘 앞에 나오시어 우리 탐방회원들의 잡담을 중지시키며 경건히 하라 주의를 주고 제례를 집행한다. 검은 제복을 입은 나는 헌관의 지시에 따라 헌주(獻酒, 이런 때를 대비하여 나는 평상시에도 술을 휴대하고 다니기 시작했다)를 하며 시조할머니시여! 늦 헌주를 용서하시고 흠향(歆饗)하시어 편히 하소서, 속으로 읊조려 통공하며 4배를 올렸다.

일본에 관광을 갔을 때도 귀무덤을 참례할 때 나는 미리 준비한 제주(祭酒)로 헌주(獻酒)하고 재배를 하며 "불쌍하고 가엾은 고혼

이시여! 신체발부는 수지부모라거늘 그토록 소중한 신체가 베이고 목숨을 잃으실 땐 그 시퍼런 칼날이 얼마나 무서웠고 얼마나 아프셨습니까? 찰나의 회한은 얼마나 크고 참혹하셨습니까?" 읊조리며 통공했다.

300년이 지난 지금도 환국을 못하시고 적국의 땅에 묻혀 계시니 오호라 애절토다. 못난 조상이여 국익보다 지기당의 당이(黨益)을 지키기 위한 권력쟁탈에만 혈안이 되었던 동·서·남·북(東西南北) 당인(黨人) 조상들이시여 백성이 안중에나 있었소이까?

하긴 최근까지도 단재 신채호(丹齋 申采浩) 선생 등 우리의 독립운동 선열들 300여 분이 우리 국적을 갖지 못하고, 아직도 무국적자라 하니 안타까움이 옛일에만 있었던 게 아니라 광복 60년이 지난 최근까지도 있었다 하니 그저 안타까울 뿐이다.

부안에서도 그랬다. '옛돌' 단체로 움직이니 묻힌 묘까진 못가고 매창 시비(詩碑) 앞에서 헌주(獻酒)를 하며 "내 조상 교산 할아버지(許筠)와 교유하셨다는데 후손으로서 이곳을 지나다 헌주 한 잔하니 흠향하시고 편히 쉬소서." 하며 읊조렸다.

10년도 더 전에 가톨릭신문에서 읽은 건데 충남 서산에 사는 가톨릭 신자이면서 배를 부리는 선주(船主) 어부(漁夫)요, 지방에서 활동하는 작가 지요하 님의 글을 기억한다. 고기를 잡으러 나간 바다에서 그물을 들어 올리니 인두해골이 걸려 올라왔다는 거다. 만약 독자 여러분이라면 어찌하시겠습니까? 당사자 지요하

씨는 그 머리뼈를 잘 모시고 성당에 와서 신부님과 상의를 했는데 망자를 위한 연미사를 올려주자고 하여 연미사를 올린 뒤 도로 바다의 제자리로 돌려보냈는데 그 뒤부터 우연의 일치이겠지만 그물을 넣을 때마다 고기가 그득히 잡히더라는 얘기다.

나는 여기서 내가 들은 비화 한 토막을 소개하고자 한다.

미얀마의 랑군사태 때 순직한 고 함병춘 대사는 조부 함태영 목사부터 3대째 믿는 독실한 개신교 집안이라 한다. 그런데 함 대사가 순직한 후 부인께서 가톨릭으로 옮기셨다는 거다. 가톨릭에는 주일 미사에 죽은 이를 위한 기도의 시간 즉 '통공의 시간'이 있는데 사랑하는 남편과 기도로 만나기 위하여서라는 것이 옮긴 이유라는 것이다. 만약 개신교에도 죽은 이를 위하는 기도의 시간이 있었던들 그이는 옮기지 않았을 것이기 때문에 개신교에도 통공의 시간이 생기면 어떨까 하여 생각해 본다.

나도 이제 통공(通共)의 여행을 거듭하다 보니 집착이 긴 인생에서 얼마나 부질없는 것인가를 되새기게 되며 매임(얽매다)에서도 벗어나야 초연하고 자유로워지겠다는 생각이 든다. 내 것만이 옳고 좋다는 독선(獨善)도 내버리고 모두를 아우르는 대승적(大乘的)인 삶을 살아야 하겠다는 겸손이 밀려온다. 그래서 내가 죽으면 아마도 許왕후 할머니도 耳塚의 영혼들도 그리고 매창(梅窓)도 교산(蛟山) 할아버지도 착하다 고맙다 할 것만 같다.

그러니까 죽은 자와의 통공은 그의 지난 삶을 만나 그 삶을 추억하고 그의 영혼을 위령함과 동시에 자신도 돌아보며 자성(自省)도 하지만 궁극엔 죽음을 겸허히 받아들이는 데 있지 않을까. 내가 죽은 다음에 남는 나의 잔영(殘影)을 위하여 오늘의 나의 삶을 삶스럽고 겸손하고 바로 하려는 노력임과 동시에 또 인간으로서의 도리와 연(緣)을 가꾸고 이으려는 산 자로서의 나의 노력은 바로 나의 사생관(死生觀)의 요체(要諦)이기도 하다.

만약 죽음을 삶의 끝이라고 생각한다면 제 멋대로 살다 가지 굳이 조금은 불편한 바른 삶을 살아야 할 이유를 찾지 못할 듯하다. 그러므로 하여 우리는 억겁의 영원한 삶을 살기 위하여 찰나의 삶에 불과한 이 생(生)의 삶을 어떻게 살고 마무리 지어야 할지가 우리 모두의 영원한 숙제가 되어야 할 것만 같다.

(2013. 4. 27)

※ 通共: 漢韓大字典은 '서로 통하여 도움'이라 설명하고 있으며 가톨릭의 典禮 용어이기도 하다

조상의 묘를 찾기까지

-도움을 준 지영준님께 감사하며

아침 학교 가는 길에 보니 대촌부대(大村部隊-훗날 훈련소 전신) 북쪽 끝 내무반 앞 야트막한 동산에 부상당한 듯한 병사 여럿이 하얀 담요를 뒤집어쓰고 해받이를 하는 듯 머리만 겨우 내어 놓고 웅크리고 누워 있었다. 혹시 잠수함의 공격을 받아서가 아닐까? 모슬포 거리엔 4학년 국민학생의 눈에도 군인들의 수가 갑자기 많아져 궁금해졌다. -이는 미군의 상륙에 대비하여 관동군의 일부가 제주로 이동한 결과임을- 2~3년 전 KBS TV 방송을 보고야 알게 되었다.

그 무렵, 농사나 짓던 아버지가 전지(田地)를 팔아 정미소를 차렸으나, 기술인 동업자의 배신 이탈로 어른 키 만큼이나 큰 새 발동기가 멈추는 날이 많아지더니 문을 닫아야 해서 실의에 젖어 있었을 때다.

이때 아버지는 일본에서 살다가 고향으로 피난 온 중절모에 미쓰소로이를 입은 신사가 메시아처럼 나타나 아버지에게 같이 육지로 피난을 떠나자는 권유를 받는다.

그가 정착한다는 육지로 현지답사를 하고 돌아온 아버지는, 이주를 포기하려 하였다. 그러나 어머니의 강청으로 1944년 말, 전쟁 말기의 불안으로 부동산 매기도 없는 시절, 인생경륜이 부족하여 정미소도 실패한 아버지가 한두 달 사이에 남은 전지와 집을 거저 안기다시피 이웃에 떠넘겼다. 1945년 2월 24일, 그 미쓰소로이와 그 매형네 가족 그리고 우리 가족 등 세 가족이 돛단 범선을 타고 영락리 포구를 떠난 것이 고향과의 작별이었다.

육지는 논농사가 위주라 밭농사밖에 모르던 아버지는 논을 사는데 육지 사람을 상대하는 것보다는 일행의 선도자인 미쓰소로이가 사 놓은 논 4000평을 우리가 되사게 되었다. 당장 놉을 얻어 못자리를 하고 논을 갈고 모를 심고 모가 자라기를 기다리는데, 장마가 지고 논이 1주 이상 침수되는 바람에 모는 썩어 패농하고 말았다. 아버지는 그 동네 사람들이 사지도 않는 논을 우리가 속아 샀다는 걸 늦게야 깨닫고 낙심이 컸다.

우리나라가 해방되면서 그 미쓰소로이네는 고향으로 되돌아가 시장에서 장사를 시작했다는데, 우리만 남겨지고 아버지는 어디에 하소연 한번 못하고 배신감에 절망하셨다. 두 번의 연이은 실패는 불과 2~3년만에 전 재산을 날린 실패감이 컸다. 성공하기 전에는 귀향하지 않으리라 다짐하며 고향과 담을 쌓고 살았다.

허나 조상 산소에 대한 성묘도 거의 포기하고 벌초만 먼 조카에게 부탁하고 살아 왔는데 막내인 내가 산소에 관심을 갖게 되었다. 한두 해쯤 전부터 그 조카로부터 전화가 끊기고 우편물도 반송되곤 하여 안타까웠다.

2012년 6월 23일(토요일) 성묘 차 귀향했는데, 왕복 2차선 노변에 있는 '조천당 모루' 묘 옆길이 4차선 고속도로로 확장되어 있어 묘를 못 찾고 걱정과 불안한 마음으로 돌아왔다. 설령 도로확장으로 묘를 옮긴다 하여도 공동묘지에라도 안장 처리할 것이라는 기대감에 수소문을 시작했다.

우선 안덕면 부면장실에 전화를 걸어 '조천당 모루'의 행정구역명을 물으니 당장은 잘 모르겠으나 면내 어르신들께 물어 '서광서리'라고 정중하고 친절하게 전화로 가르쳐 주어 참 고마웠다. 제주도 건설과에 물으니 지번은 이장에게 묻는 것이 빠를 것이라 하며 도로건설에 대해선 서귀포시로 물으란다.

정부는 절전을 하라 하고 날씨는 폭염이 계속되는데 전화 대응조차 불편해 할 듯하여 폭염이 지나니 태풍이 찾아와 참았다.

9·3도로 시설담당실로 전화로 물으니 담당 지영준 씨가 출장중이라 하여 남긴 내 전화번호로 저녁 8시에 전화를 걸어 주어서 나는 조상의 묘를 찾아야 하는 절박한 심정을 간곡히 전하며 협력하여 주기를 부탁하였다.

그는 대정에 오래 근무하여 나의 조카에 대해서도 알 듯 하다며 개인적인 인연을 통해 나의 조카의 거처를 알려 주는 전화를 또 걸어와 너무 감사한 마음이었다. 인연의 연락이 닿았는지 바로 그날 조카로부터 전화가 걸려와 묘도 찾았다.

2012년 10월 14일, 서울 근교로 이장도 완료하였기에 이제 지영준 씨의 대정에서의 오랜 근무경력과 어려움에 처한 이향인(離鄕人)을 돕는 깊은 배려에 감사하는 마음이 컸다.

지영준 님과 안덕면 부면장께 마음으로부터의 표경장(表敬狀)을 드리고 또 이와 같이 휘하를 훌륭하고 아름다운 공무원으로 지도하신 시장님께도 머리 숙여 감사드립니다.

새 아침에 간구(懇求)합니다

버리면 자유로워지고 초연(超然)해진다시니
버릴 수 있는 마음을 키워 주시어
지난날의 영광(榮光)도 잊게 하시고
편견(偏見)도 노추(老醜)도 다 버리게 하시어
비록 외롭더라도 노욕(老慾)을 버리게 하소서.

또 사람 앞에서나 글 한 줄을 쓸 때에도
항상 겸손하게 하시고
의로운 생각엔 격려를 하되
어디서나 머리를 낮춤으로써
내 얼굴, 내 이름은 자주 드러나지 않게 하소서.

나의 남은 삶이 길지 않다는 것을 깨닫게 하시며
항상 시간을 아끼고 유용하게 하시어
내 앞에 나타날 내일을
설렘으로 마중하게 하소서.

먼저 강자를 위하느라 약자의 처지를 배려 못하였거나
말이나 글로 남에게 상처를 주지는 않았는지
항상 반성케 하시며
생각은 바르고 측은(惻隱)한 마음을 갖게 하시되
마음은 가난하게 하여 눈물이 많게 하소서.

또 여러 사람과 어울려야 할 고비마다
기쁨은 함께 못하여도
고통은 함께 하게 하여 주시되
떠나야 할 땐 과감히 떠나게 하시고
머물러야 할 자리에는 서슴없이 머물게 하소서.

그리고
이재(理財)에 밝지 못해 강남(江南)을 버리고
거품 덕(德) 하나 챙기지 못한 반실패(半失敗) 인생인 나를
몸 성한 것이 더 큰 축복이 아니냐며

짐짓 아무렇지도 않는 듯
가정의 평화를 꾀하려
헛웃음으로 집안을 채우는 가족에게도
따뜻한 위로와 깊은 감사를 하게 하소서.

그래서
작은 것을 얻든 큰 것을 얻든
만족은 같게 하시고
일상의 작은 것들에서도
감사를 발견하게 하소서.

그리고
가족에 대한 사랑
가정의 기쁨을 늘 가슴에 품게 하시고
이런 마음을 전할
기회를 자주 허락하소서.

또

언제나 어디서나

사랑하고 이해하는 마음은 끝없게 하시되

정의의 외침은 지나치지 않게 하시어

인가과 의불가과야!(仁可過 義不可過也)의 길

마음으로라도 늘 그 길을 택하게 하소서.

(2013. 4. 27)

자문자답

12월이 오면 송년모임이 줄을 잇는다
돌아보면 지나간 1년이
딱히 좋은 일이나 궂은 일이 있었던 것도 아닌데
어서 보내어 잊고 싶어 망년을 한다
망년(忘年)이란 일작(日作)이니 송년(送年)이라 하자 해도
인생살이가 고달파서인지 망년을 고집하다가도
훌훌 털어 보내지 못하고
미련(未練)에 끌려 미련을 떤다
어차피 인생이란 그런 것이어늘…

〈사랑이여〉가 색소폰의 선율을 타고
목이 쉬어 흐느끼듯
무겁게 울어 침잠하던 그리움이
한숨을 타고 복받치며
명치끝이 메이니 그냥 있을 수 없어
뭔가를 적으려다 이 글을 쓰게 한다

내 인생사(人生史)를 헤매고 거니느라
쉽게 잠들 것 같지 않는 이 밤
영웅 호걸(英雄 豪傑) 모든 인생의 뒤안길엔
명(明)도 있고 암(暗)도 있었거늘
사람들은 한 눈을 감고 외눈으로 보려는 것을
이녁은 균형을 지켜 공정히 보려 했지

속 좁은 너희는 고집으로 나팔을 불고
어리석게도 편 갈라 앵무(鸚鵡)되니
대범과 이치는 설자리를 잃고
간극을 보듬기가 버겁고 힘든 텐데도
이녁은 속이 넓어 대범했지
난 이녁의 이녁인 것이 행복하고 감사해

거울에 비친 그리움은 흉한 제 모습이
너무 부끄러워 가슴에 생채기만 내고

겨우 알아낸 일방 길로 더듬거리며
밤마다 찾아가건만
꿈길조차 닫혔어도
희망은 포기치 않으리.

시계는 지금 1시를 향하고
벌써 새 날인데도 망년(忘年)을 한다는 내가
12월의 자락을 움켜쥐고
마주앙 잔에 체온을 더하며
분명할 것은 분명해야 한다고
허기진 마음을 달래는데
망년의 찌꺼기는 멈추다 이어지니
언제쯤 끝을 볼지
어차피 인생이란 그런 것이어늘…

결론 없는 서, 본론이나 늘어놓고
정답 없는 질문에 이골이 나면
자문(自問)에 자답(自答)하다 지쳐야 멎는 문답
정답은 '인생이란 그런 것이어늘'인가 보다.

지금 인도양 연안국엔 대참사가 일어
세계를 슬프게 하고 유족들이 아파하고 있다
고인들의 명복을 빌고 당사국에 위로와 지원을 보낸다
정부는 교훈으로 우리도 대비를 하고
당하면 나무 위로 오르거나 도망이 상책이고
삶에선 왠지 선하게 살아야겠다는 생각이 떠오른다.

허나 국내적으로는 경제가 어렵다는데도
신문은 사회복지 공동모금이
작년의 50%나 더 늘었다 하니
이녁이어

어려우면 어려울수록 도우며 살려는
저력이 보여 얼마나 가슴 뿌듯한가

을유(乙酉) 새해엔 仁可過 義不可過也라
'사랑을 베푸는 건 지나쳐도 좋으나
정의와 당위의 주장은 지나치지 말지어다'

이녁이여
예수님이 원하는 '사랑과 평화'까지도 갈 것 같고
명동성당의 성탄전야 미사기도 말 중
"모두 우리 함께 나누는 참된 이웃이 되게 하소서"까지도
이미 가고 있음을 느낀다
이제는 나부터 먼저 조금씩 양보하여
불편과 부족을 나눠 안는다면
이녁은 어쩌려오?
돌 같았던 미움부터 서서히 가시지 않을까?

3

정진

퇴임사를 하는 저자

퇴임식에 참석한 아내와 자녀들과

아내의 대학원 졸업식장에서

풍수원 성당에서

손녀 나연

손녀 정우

배려

벌써 몇 년 전 일이 되었네요. 신문 방송마다 '마리안느'와 '마가렛' 두 수녀님의 기사가 화제였습니다. 그녀들은 간호사 자격을 가진 성소자(聖召者)로서 20대 후반에 소록도에 와서 43년간을 한센 환우를 돌보다 70이 넘고 거동하기가 불편해지자, 짐이 될까 봐 편지 한 장을 남기고 이른 새벽에 고국 오스트리아로 떠나갔다는 내용입니다.

저는 이번에 소개되지 아니한 이분들의 '배려'의 예를 기억하고 있습니다. 제가 젊었을 때 ≪코매트≫(공군잡지)에서 읽은 내용입니다. 소록도 병원에 X-Ray 기를 설치할 때입니다. 서무과 직원들은 자기네 방쪽으로 설치하지 말아 달라 하고 또 다른 옆방 사람들도 자기네 방쪽으로는 설치하는 걸 용납 않겠다며 다툴 때 이 젊은 수녀 간호사들이 자기네 방 쪽으로 걱정 말고 설치해도 좋다고 하여 그리 설치했다는 내용입니다.

모두가 꺼리는 일을 자청한 건 자기희생을 통한 배려가 아닐까 생각해 봅니다.

또 편지에는 "부족한 외국인으로서 큰 사랑과 존경을 받아 감사하며 저희들의 부족함으로 하여 마음 아프게 해드렸던 일에 대해 이 편지로 미안함과 용서를 빕니다."를 읽으며 저는 종교를 떠나 한없는 겸손이 어떤 것인지를 배울 수 있었습니다.

지금 배려를 얘기하다 보니 꽤나 전에 TV에서 보며 잔잔한 감동을 받았던 오스트레일리아 영화의 내용이 생각납니다.

어느 시골 마을사람들의 경기였나 봅니다. 그 마을에 사는 세 사람의 젊은 친구가 각각 아마도 험하기로 소문 난 길을 걸어 그 먼 곳의 산을 정복하고 돌아오는 경기였습니다. 그 산이 얼마나 험한지는 볼 수 없었지만 산까지 가는 길이 길도 없는 잡목이 우거져 발이 걸려 넘어지기도 하며, 자갈밭을 수없이 통과해야 했고 악어나 뱀이 우글거리는 늪도 통과해야만 했고 때론 깊은 강물도 통과해야 했습니다. 물론 사람 사는 인가도 없고 먹을거리도 스스로 야생에서 구해야 했습니다. 그렇게 어렵게 3~4일간을 걸어서 겨우 산 밑까지 도착한 이 청년은 자기가 제일 먼저 도착했음을 확인하고 신이 나서 휘파람이라도 불며 서둘러 정상을 향해 출발하여야 할 터인데…. 정상에 오를 생각은 하지 않고 느긋하게 텐트를 치며 두 친구를 기다리는 것이었습니다.

그 이튿날 한 친구가 도착하였는데, 그 친구도 텐트를 치고 나머지 한 친구를 기다리는 것입니다. 그래서 나머지 친구까지 다 도착하자 세 사람은 같이 출발하여 정상을 정복하고 어깨를 나란히 하여 그 마을에 귀환하였고 마을 주민들로부터 힘찬 격려의 박수를 받는 걸 보며 호주 나라가 실제 그런지는 확인 못했으나 시장경제를 추구하는 자유 자본주의 나라일수록 저렇게 타인을 배려하는 더불어 문화가 가치관으로 정립되고 바탕에 뒷받침되어야 갈등 적은 선진문화국이 되는 것이구나 하며 부러운 눈으로 영화에 감동했던 기억이 납니다.

돈을 벌 때는 1등 정신으로 벌어도 돈을 쓸 때에는 배려와 더불어의 마음으로 쓰는 표본적인 사람으로 미국의 부자 '빌 게이츠'가 기억납니다.

우리도 불우 이웃돕기 성금 모금에 가난한 사람들이 더 참여한다는 기사가 사라지고 큰 아파트에 살며 외제차를 굴리면서도 세금을 내지 않아 세금징수팀이 출동하는 일도 사라지는 그런 좋은 사회가 어서 다가왔으면 하고 희망해 봅니다.

배려하고 더불어 사는 삶은 우리네의 미풍이기도 하지만 민주주의를 하는 선진 나라의 미풍이기도 하므로 요즘 세계를 휩쓸고 있는 신자유주의가 불가피하다고 해도 이 미풍(美風)을 북돋고 살려 나가야 선진문화국으로 가는 희망을 꿈꾸게 되지 않을까 싶습니다.

(2013. 4. 27)

무념 정진

경기가 바닥이라 해서인지
내일에 대한 기약도 없이
본능의 눈은 오늘에 목맨 듯
너울너울 춤을 추며 번득인다.

나는 눈 줄 곳을 찾지 못해
허둥대고
내 마음도 갈 곳이 없어
가울 들녘처럼 스산한 허허로움이
스며들어 가슴을 허전하게 한다.

마치 머나먼 이국 풍경이라도 보듯
주책 버린 유희(遊戱)에 넋을 주다 보면
한계에 이른 나의 인내가
어느새 외로움으로 찾아와
웬 밴댕이 속이냐고 살포시 핀잔을 준다.

이 옛날이여!
나에게도 그 때가 있었거늘
정열이 펄펄 끓던 그런 때가 있었거늘
지금 절대(絕對)의 절제(節制)로 체념하고
무욕(無慾)을 숙명처럼,
득도(得道)에 전념하는 학승처럼

관심 있는 관심이나 격려가 없어도
스위시나 홈의 성공이
내 삶의 이유라도 되는 양
무념 정진만 하리라.

(2009.11. 어느 '컴 교육장'에서)

인종차별

6·25전쟁 중 나는 한국 공군으로서 한미합동 정보○○부대에 소속되어 서울의 모처에서 근무하다 부대 이동으로 k-55기지에서 근무할 때의 얘기다.

그 기지에는 미 공군기만 있는 게 아니라 그 외 외국기도 있었고 특히 기억에 남는 건 기체에 빨간색의 뛰는 말 그림이 그려진 남아프리카연방의 제트 전투기도 3~4대 볼 수 있었다.

말하자면 UN군의 일원으로 참전한 참전군인 것이다. 나는 우리나라를 도우러 온 UN군(외국군)과 같은 기지에 근무하는 한국군으로서 친절은 못할망정 절대 마찰은 빚지 말아야 한다고 스스로 다짐하고 있었다.

따라서 기지내 시설의 이용은 우리 한국 공군도 미군과 같이 기지내 식당이나 화장실 등을 같이 써야 했고 그러려면 자연히 외국군과도 접촉을 하여야 했다.

어느 날, 저녁을 먹으려 사병식당에 가서의 일이다. 나는 여기서 기지 내 미군의 식당을 스케치해보려 한다. 식당 종류로는 장교만 식사하는 '장교 식당', 하사·중사·상사 등 하사관이 식사하는 '하사관 식당'. 병장이하 일, 이병이 식사하는 '사병 식당' 등 세 형태가 있다. 물론 한국공군도 미군들 같이 계급에 따라 식당을 이용하였다,

먼저 사병식당엘 들어가면 식판을 집어 들고 줄을 서서 배식창 쪽으로 가면 먼저 계란 두 개를 후라이하면서 어떻게 굽나 묻곤 주문대로 익혀 받고 다음 차례에 서면 그 날 그 날 메뉴에 따라 소세이지를 집어준다. 그 다음엔 콘이나 포테이토 또 생선 튀김 등 3~4인 배식자로부터 떠받은 식판을 들고 식탁 쪽으로 걸어가서 한쪽에 5~6인씩 마주앉아 도합 10여 인이 앉는 큰 식탁에 놓아두고 다시 배식창 쪽으로 가서 컵 하나를 들고 커피 통이나 쥬스 통 앞에 줄을 서서 기다리다 국자로 떠 담고 식판을 놓아둔 식탁으로 돌아 와서 음료를 마시며 식사를 한다,

하사로 승진하고 하사관 식당으로 옮겨 가보니 식판에 식사 받는 건 같았으나 식탁이 4인용 정방형이고 식판에 식사를 들고 올 때 빈 컵도 같이 들고 와서 놓아두면 한국인 부대 노무자인 여성이 깨끗한 주황색 원피스에 에프런을 두르고 양손에 커피와 쥬스 등 들고 돌아다니며 뭘 마시겠느냐 묻고 따라주는 것이 사병식당과 달랐다. 아마도 장교 식당도 하사관 식당과 비슷할 것 같다.

그날도 사병식당에 저녁식사를 하러간 나는 언제나처럼 식판에 식사를 받아다 식탁에 놓고 다시 배식창 앞으로 가서 컵을 들고 커피를 뜨고자 커피 통 앞에 줄을 섰을 때다. 내 앞엔 기름때가 묻은 카키복에 낡은 정모를 쓴 미군 같지 않게 유달라 보이는 백인이 서 있었는데 그는 국자로 커피를 떠서 자기 컵에 따르고 나서 뒤에 서있는 나를 건너 내 뒤의 백인 미군에게 건네는 게 아닌가?!

처음엔 이 사람이 착각했나 하고 어리둥절했다. 그러나 내 뒤의 미군은 그 국자를 곧 바로 앞에 선 나에게 건넨다. 내가 국자 받기를 사양하고 먼저 뜨라고 권하니 그 미군은 자기가 커피를 떠서 내 컵에 먼저 받으라며 따르고 그 다음에야 자기 컵에 따른다.

한참 생각하니 그가 남아프리카 연방군(軍)이요 남아프리카는 세계적으로 유명한 인종 차별국이라는 것을 깨달았다,

나는 내 뒤 미군의 공손한 대접에 고마워하느라 남아군(軍)에 대하여 항의 한 번 못하고 순간을 놓치고 말았다. 한국군은 나 혼자이고 모두가 외국군이라 차별이 몸에 배인 그를 응징하기엔 내 세(勢) 불리하여 분하지만 참을 수밖에 없었으나 그 후 나는 기회 있을 때마다 남아인의 인종차별을 비난하는 편에 서게 되었다.

몇십 년이 지난 최근 세계의 양심 '만델라'가 풀려나 화해를 선포하고 인종차별 정책을 철패했다. 그렇다고 차별을 받아온 흑인

들의 속마음까지 풀렸을까? 그래도 권력을 가진 뒤 권력자 편에 서서 화해를 시도하는 것이니 속마음이야 내키지 않아도 포용력을 발휘해야 하겠다는 당위는 느꼈으리라.

그러나 그동안 권력을 쥐고 차별을 해온 백인들의 속마음이야 집권기간 동안 흑인을 차별했던 데 대한 미안함보다 권력을 빼앗긴 아픔이 더 컸을 것이다.

그럼에도 만델라는 진실을 고백하면 용서하겠다며 '진실과 화해위원회'를 만들고 흑백간과 흑흑간의 큰 화해를 위하여 대통령직 연임 따위를 버릴 만큼 큰 인물다움을 보임으로써 백인들의 속 좁은 작은 집착 따위는 능히 버리게 할 수 있었을 것이다.

비록 그가 세계적인 지도자이긴 하지만 그의 처신과 대범한 말 한 마디에 아무 인연도 관련도 없는 먼 이방인인 내 마음도 녹아버렸다.

나는 그후 그의 '자유를 맞이 하기 위해 40년을 참았는데 정작 자유가 손에 잡힌 지금 무섭고 두렵다.'고 한 그의 풀려난 직후의 솔직하고 절절한 심정만을 기억하기로 했다

우지 교수의 결단

–힘든 길을 택한 '우지(宇治)' 교수

사람들은 아프면 병원을 찾는다. 병원에선 위나 대장 등을 검사하려면 내시경을 쓴다. 물론 그 때에도 독일에 스텐레스 쇠로 만든 74cm 길이의 위경이 있었으나, 검사시 이가 깨지기도 하고 식도가 터져 사망하는 사고도 생겨 위암 등 검사에 어려움을 겪던 시절이다. 그래서 내시경이 없던 그 시절에는 아픈 증세만을 듣고 추측 정도의 진단을 하였을 것이다.

요즘은 위나 대장의 궤양이나 암 등 증세를 검사할 땐 내시경으로 직접 모니터를 보며 검사를 한다. 따라서 이 내시경이야말로 우리 인간의 내과적 병을 알아내고 치료하는데 큰 기여를 하는 의료기구이다.

이 유용한 내시경의 개발은 1949년 태풍이 몰려온다 하여 한촌의 철로에 온밤을 정차한 열차에서 일본 도교(東京)대 의대의 당시 나이 32세 젊은 교수 '우지(宇治) 다츠로'와 올림푸스공학의 기사 '스기우라'가 만나 위암 검사의 애로를 얘기하는데 그의 말에 감동한 스기우라와 의기투합하면서 시작되었다.

둘은 직장이 끝나면 올림푸스에 모여 설계를 하고 12mm의 관에 6mm의 필름과 직경 2.5mm의 렌스를 만드는데 성공한다. 스기우라는 크리스마스트리의 전구를 만드는 회사였다. 당시 23세의 전구 기사 '마루야마 마사토'를 찾아가 밝은 불빛이 나는 작은 전구를 만들기 위해 필라멘트를 2중으로 넣고 만들었으나 3번 빤짝 켜졌다 끊어지는 현상을 극복하고 관은 염화비닐의 부드러운 관을 이용하여 오늘날과 같은 위내시경을 세계 최초로 만들어 냈다 한다.

그러니까 위내시경의 유용성과 개발의지는 우지가, 또 소형 렌즈가 달린 카메라는 올림푸스사의 스기우라가, 또 위장 속을 밝힐 소형 전구는 전구회사의 마루야마가 실패를 거듭하며 4개월 만에 시제품을 만들었다.

처음은 개(犬)의 위(胃)에 물을 주입하여 실험한 바 위액과 물이 섞여 컴컴하여 뭐가 뭔지 분간할 수가 없었고, 두 번째는 개의 위에 공기를 주입하고 실험한 바 그 때에야 위속을 볼 수 있어 어느 부분이 어디인지를 알 수 있었다 한다.

그래서 사람에게 실험을 하려고 지원자를 수소문하였더니 위병을 앓는 우지의 선배 '사카모토'가 자청하여 실험에 응했다. 사람에 대한 첫 실험을 어렵게 하고 바로 현상실로 달려가서 카메라를 열었으나 필름을 넣지 않는 채 촬영하여 실패하고 말았으나 다시 양해를 구하고 두 번째 촬영에서야 성공을 하였다.

그 이듬해인 1950년 11월 3일, 일본 전국의 의사 500여 명의 모임에서 발표를 했고, 세계의 의사들이 견학하러 오는 등 세계에 알려져 우지 교수의 명성은 나날이 높아져서 그의 장래는 매우 밝게 보장되었다.

내 소견으로는 더 높은 승진과 성공을 위하여 더 열심히 열정을 쏟을 듯도 한데, '우지'는 동경대 의대에 사표를 내고 아마도 일본에는 '마을 의사' 제도가 있었는지 '마을 의사'를 자청하여 시골 사아다마현 오미야시로 낙향하였다. 후일담으로 우지는 가족이나 환자에게도 자기가 내시경 개발자임을 밝혀본 일이 없다 한다.

최근 우리나라에도 20여 년간 노숙자나 독거노인 등 가난한 서민을 돌보다 61세의 나이로 세상을 떠나신 고 선우경식 원장과 같이 성자와 같이 산 무욕(無欲)의 의사는 고작 60으로 생을 마감하여야 하였는지 안타깝다.

오늘(2007.9.1) Daum의 기사를 보면 이번에 서울대를 정년퇴임하는 정옥자 교수는 그 퇴임사에서 편하고 쉽게 살려는 '대학의 속류화'를 우려하면서 또 대학은 정치와는 거리를 두되 날카로운 비판의식은 살아 있어야 하는데도 현실은 그렇지 못하여 이 비판 의식의 실종도 걱정하는 우려의 말을 남겼다.

정 교수는 "강남에서 엄마의 치맛바람으로 과외 받고 대학 들어가 봐야 쓸모없다. 시방에서 어려운 환경을 뚫고 들어온 학생들 중에 상당한 인재들이 나올 수 있다."고 했다. 그의 쓴소리를 곱씹으며, 우리 젊은이와는 달리 아무 명예도 실익도 없는 낙향의 길을 택한 '우지' 교수의 용기는 젊은이다운 패기(覇氣)와 때 묻지 않는 양심에서 우러난 듯하여 나에겐 오랜만에 신선한 감동을 주고 있다.

1949년은 일본이 전쟁에 폐망한 후 얼마 안 된 시점이어서 모든 생활용품이 귀했고, 식량도 귀하던 시절이다. 사람은 이런 어려운 때에 그 환경을 극복하려는 강한 의욕도 생기고 탐구심도 생기며 성취를 위해 집중하여 몰입하려는 성실한 열정도 생기나 보다. 그러기에 내시경 개발을 위한 3인의 모임도 호응 협력이 쉬었으며 협력도도 높아 짧은 시간 안에 내시경의 개발이 성공한 것 같다.

따라서 길게 보면 배불렀을 때의 성취도보다는 배고팠을 때의 성취도가 더 높다는 걸 확인하면서도 엇나가는 현실이 왠지 씁쓸

하다.

오히려 물자가 풍족한 요즘이야말로 어려운 일보다 손쉽게 돈 버는 요행에 매달리려 하며 대박 꿈이나 꾸고 돈벼락을 맞으라는 등 인간의 본성에 거스르는 덕담들이 당연시되고 있다. 돈벌이가 지고(至高)한 덕목인 양 상생(相生)보다 상쟁(相爭)을 부추기는 듯한 매스컴들. 한때 우리가 일본을 '경제 동물'이라 비웃었던 그 때의 우리는 어디로 갔는지? 그리고 이 시류(時流)를 걱정하는 매스컴은 보이지 않으니 참으로 안타깝기 그지없다.

그 중에도 우리의 먹을거리를 연구하는 과학자에겐 이 불로소득의 대박 바람에 오염되어 연구의욕을 잃지 않도록 특단의 사기앙양대책이 강구되어야 할 것 같다 .

그리고 앞으로도 개천 사람들의 꿈이나마 깨지지 않게 "아직도 용은 개천에서도 날 수 있다"는 꿈만이라도 버리게 하지 말았으면 하고 염원해 본다.

하류(下流)문화의 동서(東西) 비교

하류란 사람의 배설을 거부감 적게 표현하기 위하여 필자가 차용한 조어로서 요즘 말로 화장실의 구조와 사용형태를 비교하여 보는 것도 재미있을 듯하여 적어 본다.

그러니까 6·25때 내가 공군 사병으로서 한미합동으로 미 공군들과 같이 근무하며 보고 경험한 일화다. 미군들의 화장실은 건물 옆문인 출입정문을 들어서면 지붕마루를 따라 반으로 갈라 세운 벽 오른쪽은 샤워와 세면장이고 왼쪽은 가운데 벽 쪽에 길게 함석을 U자형으로 꺾어 붙여 여럿이 소변을 볼 수 있게 했다.

그 뒷벽 쪽에 약 7~80cm 높이에 너비 1.2m×길이 10m 정도의 두터운 판자로 곽을 짜고 약 1m 간격으로 엉덩이 크기의 구멍 10여 개를 뚫고 뚜껑을 단다. 그리고 그 곽 속에는 U자형의 함석 구조물이 우에서 좌로 비스듬히 설치되어 24시간 물이 흐르게 시설되어 있었다.

이런 형식의 화장실은 2500년 전의 건축물인 그리스의 포세이돈 신전 아래의 고대 유적에서 볼 수 있는 여러 개의 구멍이 이어진 석조 수세화장실의 구조와 형태가 너무나 닮았다.

이런 개방형 화장실을 미군(남자)들은 동시에 7~8인이 구멍마다 올라앉아 만화나 신문을 보며 담소도 하면서 용변을 본다. 소변자도 들어와 용변자 면전 쪽으로 엉덩이를 대고 동시에 용변을 보는 등 개방적이다.

한미합동으로 근무하는 우리는 하류의 개방에 익숙하지 않아 여간 급하지 않은 한 그들이 다 나갈 때까지 기다릴 때가 많았다. 그러나 달리 방법이 없으니 그들과 같이 소극적이나마 개방에 동조할 수밖에 없었으나 샤워장에는 거리낌 없이 드나들며 그들과 나란히 줄서서 샤워를 했었다.

몇 년 전 일본에 여행 갔을 때, 일본가정의 화장실 구조를 보니 세면기와 욕조는 한 공간에 있으나, 변기만은 독실로 따로 있어 철저히 폐쇄적이면서도 오히려 합리적이라 생각되었다.

우리네 가정(주로 도시와 아파트)의 화장실은 미국 가정의 개방형 모델을 아무 분석 없이 직수입하여 한 공간에 변기, 세면기, 욕조 등이 다 들어와 있으나 기능은 미국인같이 개방적으로 용변자와 세면자, 목욕자 3인이 동시에 쓰는 시스템이 아니라 한 사람이 쓰고 있을 땐 다른 사람은 아무도 들어가지 못하여 폐쇄적이다.

결국 우리는 개방형 구조의 화장실을 직수입해다가 우리 정서대로 폐쇄적으로 사용하면서도 별로 문제를 느끼지 못하고 살고 있으나 뭔가 생각이 부족하였던 듯하여 개운치가 않다. 단지 건축면적에선 약간의 이익이 있었겠지만 기능상으로는 손해가 아닌가?

쓰레기 분류도 우리는 캔류, 유리류, 종이류 등 3종으로 분류하고 있으나 일본은 우리와 같이 엄격 분류주의가 아니고 관광지 히와꼬(琵琶湖)에서 보니 태울 수 있는 것과 태울 수 없는 것 등, 2종으로 분류하는 걸 보고 편한 분류구나 생각했다.

화장실 이름도 일본사람들은 '도이레'라 하나, 이는 격있는 화장실을 일컫는 것이고 가정의 화장실은 편한 곳이라는 뜻의 변소라 한다. 우리는 측간(厠間) 보통은 뒷간이라는 말과 함께 일본지배 시절 일본과 같이 변소라 하다가 광복 후 WC 또는 영어를 직역한 화장실이라는 이름을 같이 쓰다가 지금은 화장실로 굳어진 듯하다.

원칙주의도 예외의 덕을 볼 때가 있다

내가 서울에 근무하며 서울살이를 할 때다. 내가 청년기를 보낸 제2의 고향 군산에 사는 친구(이○기)가 작고하여 시골로 문상을 갔을 때의 애기다.

마당에서 불을 쪼며 담소를 하는데 안면이 있는 친구의 친구인 철도 역무원(驛務員)인 분이 나를 찾아와 전에 참 고마웠다고 영문 모르는 인사를 한다. 내가 무슨 얘기냐고 궁금해 했더니 그때 이야길르 했다. 5·16혁명 초기 모든 공무원이 재건복을 입고 가슴에 명찰을 차고 다니며 아침 6시에 시청 앞에 모였다가 동사무소로 청소 독려를 나가곤 했었다.

신문은 국가재건최고위원회 의장이 지방 출장 중 지명한 어느 지방공무원에게 혁명공약을 물었을 때 줄줄 잘 외운 직원은 승진을 하고 암송 못한 직원은 파면되었다는 보도 기사가 있어 모두가 군대생활을 하듯 긴장하던 엄혹한 시절 애기다.

당시는 혁명초기라 정부 홍보가 강화되었고 혁명정부의 모든 홍보 인쇄물이 철도로 수송 송달될 때인데 한 건만 사고가 나도 담당자의 몫이 날아 가던 시퍼런 시절이었다. 그런데 아뿔싸 유인물 한건이 유실되어 역 전체가 발칵 뒤집혔었다는 것이다. 그 때 혁명 인쇄물을 인수하는 시청에서 계엄업무 담당인 내가 고개를 돌리고 문제 제기를 하지 않으므로 해서 사기네가 다 살 수 있었노라며 이제야 그때의 고마움을 인사드린다고 했다.

나는 기억도 못하는 일을 고마워 하니 나는 기본적으로 원칙주의자이면서도 인생을 빡빡하게 살지 않아서려니 자위하다보니 숙직을 하며 들은 어느 상급자의 6·25 때 겪은 얘기가 생각났다.

그 무렵의 시청 숙직은 계장 또는 차석 등 주사급 직원에 서기급 직원과 고용원 등 세 사람이 숙직을 했다. TV도 없던 시절이라 순찰을 돌고 난 시간은 서로 경험담 얘기를 나누며 시간을 죽여야 했는데 주사급 직원인 김수○이 자기 경험담을 얘기한다.

6·25 한국전쟁이 나고 며칠 후, 시청에 출근하라는 연락이 있어 출근을 하니 부두로 나가 야적된 볏가마니를 지키라 해서 나가 지키고 있었다. 멀리서 보니 어떤 사내가 볏가마니에 접근하여 벼를 파내 훔쳐 도망가는 걸 외면했던 기억이 있는데 수복 후 사찰계 형사가 찾아와 당신이 눈 감아 준 덕에 우리 애를 살릴 수 있었노라며 고맙다는 인사를 하더라는 것이다.

그러고 보니 또 다른 주사급 김창○ 계장과 숙직을 하며 들은 얘기도 생각난다. 그는 농협(금융조합)에 다닐 때 6·25가 나서 시골로 피난 가서 숨어 있다가 출납주무라 금고 키를 다 갖고 있는 바람에 하는 수 없이 출근을 하며 지냈다.

어느 날, 금융조합 사무실 담 옆에서 늘 짐 손님을 기다리던 '리아카 꾼'인 사람이 말쑥하게 차려 입고 찾아 와서 그동안 고마웠다며 아버지가 보자 한다 하여 따라 가니 시청 고위직실로 안내되어 갔었는데 그 바람에 6·25땐데도 겁낼 일도 없이 지낼 수 있었다고 한다.

그 '리어카 꾼'과의 인연은 금융조합 건물담 옆 작은 공간에 리어카를 새우고 머물게 해 달라 간청하기에 대신 매일 아침 사무실 앞을 비로 쓸고 물을 뿌려 청소해 주는 조건으로 머물게 해준 게 고작이었다고 한다.

새삼 인생은 빡빡하게 살지 말아야 하겠다는 생각을 하게 한다.

아테네 올림픽 개막전을 보며

제28회 올림픽이 그리스 아테네에서 열렸다. 개막전은 장엄하고 신비로워 과연 유럽 문명의 발상지다웠다. 그리스는 일찍이 오스만 터키의 오랜(475년?) 지배하에도 종교가 살아 있었기에 종교를 구심으로 결집하여 말과 글과 문화를 지켜냈다.

제2차 세계대전 때도 독일의 침공에 일반 시민만이 아니라 문화 예술 음악인들도 저항에 가담하였고, 저항세력 중엔 공산세력이 국토의 70%나 관할할 정도로 세력이 커 동서 재편에 차질이 있을 뻔했으나, 영국 처칠 수상의 강력한 저지책과 미국의 원조로 공산세력을 제압할 수 있었다.

전후 1967년에 반공을 기치로 군부 쿠데타가 일어났다. 군부는 흔히 독재정부가 그러하듯 국민의 불만을 가라앉히기 위하여 경제발전에 힘을 쏟았다.

그러나 해외에서는 야당 지도자인 조지 파판드레오스의 아들

안드레아 파판드레으스가 런던 파리 등을 순회하며 그리스 군사 독재의 반대를 여론화하여 국제여론을 환기시키고 있었고, 국내서도 저항의 소리 없이 침묵만 하던 중 전 총리 조지 파판드레으스의 장례식 때 반정부의 목소리를 낸 걸 시작으로 아테네대학 법대생들과 중산층의 시민들이 저항의 데모가 일어나기 시작했다. 군부도 강경파가 주도권을 잡아 키프로스의 대통령을 바꾸는 동 강경책을 쓰다가 무너졌다. 1974년에 민정으로 복귀되자 총선을 실시하였고 국민투표로 독재와 가까운 왕을 축출하고 공화제를 채택하며 쿠데타군을 반역죄 살인죄로 법정에 세우고 민주주의를 복원시켰다.

그래서 지금도 그리스 국민들은 해외 망명중 귀국한 콘스탄틴 카라만니스를 민주주의의 복원자라 하여 제일 존경한다 한다. 이와같이 우리와 비슷한 면이 있는가 하면 다른 면도 있다.

이제 서로가 서로에게 배울 건 없는지 곰곰 생각해 볼 일이다. 경제적으로도 1968년 우리나라 국민소득이 2,500달러일 때 그리스는 3,300달러로서 우리 소득이 그리스의 76%였으나 군사정부 기간이 불과 7년에 불과한데도 요즘 우리 소득이 10,000달러일 때 그리스는 17,000달러나 하여 우리는 그리스의 58%밖에 안 되는 걸 보면 우리보다 발전 속도가 앞서 있어 우리 지도자 보다 더 한 지도자가 아니었나 비교하게 된다.

우여곡절을 겪으며 108년 만에 올림픽의 원조(창안)나라에서 열리는 13일의 개막전은 그리스 신화를 혼돈의 시대, 암흑의 시대 등 시대별로 재현하였다. 독일인 하인리히가 신화 트로이를 역사로 파헤쳤듯이 신화는 역사라고도 한다. 그런가 하면 고대 그리스인들은 신화에서 삶의 힘을 얻었다고도 한다.

개막전의 그 웅장하면서도 정교한 재현은 신비의 극치라 해도 과언이 아니다. 또 식장엔 물을 끌어 에게 해를 상징시키고, 1회 올림픽 경기장과 오늘의 경기장 간에 물을 건너 연상을 연결시킨 자부심과 자랑이 이해되었다.

흔히 사람들은 빠리를 보곤 다음엔 아내와 오고 싶다 하고, 로마의 트레비 분수에선 동전을 던지며 다시 오기를 빈다. 하지만 나는 그리스를 다시 한 번 가보고 싶다. 엊그제 KBS TV에서 초대 한인 회장인 장여상 씨가 부르는 아리랑 노래에 맞춰 그의 그리스인 아내가 같이 합창하는 걸 화면에서지만 20년 만에 보고 그와의 추억이 솟구치며 그의 노스탤지어가 진하게 느껴졌다.

요즘 TV의 그리스 문화탐험을 보면 2,500년 전 건축물의 원형을 상상하며 반은 허물어진 그 폐허에서 더 신비를 느낀다. 오늘날도 에피다우르스 등 몇몇 원형극장의 활발한 공연은 그리스의 영화나 드라마의 발전을 저해하는 장애요인이 된다하니 닫힌 공간에서보다 야외의 공연을 좋아하는 그리스 시민의 취향과 정서가 현대적이기보다 고전적이라 할 수 있다.

그러나 요즘의 젊은이들에겐 섹스를 스포츠로 여기는 후리가 흔하여 고뇌하는 철인, 문명 선조의 후손 같지 않아 안타깝다. 하지만 그리스 신화는 영원할 것이고 신화의 나라 그리스도 온갖 고난을 다 극복하였던 저력으로 발전하고 영원하리라 믿는다.

나도 언젠가 다시 한 번 신들의 나라를 찾아 에게 해의 그 짙푸른 수박색 물빛의 바닷물에 발을 담글 수 있을지?

이임사

일찍이 예가 없었던 4대 동시 선거를 훌륭히 치러 낸 여러분의 노고에 대하여 만강의 치하와 위로를 드립니다. 지금 정신적 육체적으로 몹시 피곤할 터인데도 불초한 나의 퇴임에 자리를 함께하여 주었을 뿐만 아니라, 어려운 여건에도 나로 하여금 퇴임인사를 할 수 있는 이와 같이 좋은 자리와 기회를 마련하여 준데 대하여 장호근 국장 이하 국과장 및 직원 여러분께 충심으로 사의를 표하는 바입니다.

돌아보면 37년여의 긴 기간을 대과없이 마칠 수 있었던 것은 오직 상사, 동료, 후배 여러분의 분에 넘치는 사랑과 항상 따뜻한 관심으로 감싸준 덕택이라고 믿어 진심으로 감사를 드려마지 않습니다. 그리고 나의 아내에게도 이 자리를 빌어 내가 고통스러워할 때 같이 아파하고 같이 울며 나를 격려하고 헌신하여 지켜준 그 고마움에 깊이 감사하며 앞으로는 가능한 한 사랑과 봉사의 마음으로 살아갈 것을 공개적으로 밝혀 두고자 합니다.

대과없이 임기를 마친다는 것이 참으로 다행스러운 일 아니겠습니까마는 나는 6·25전쟁의 상처가 계속되어 국민도 가난하고 나라도 가난하여 공무원이 봉급도 제 날짜에 받지 못하던 어려운 시절에 공무원에 입신했는데도 사회나 나라에 기여함이 별로 없이 물러나는 것이 나라에 죄송하고 나 개인으로는 아쉬움으로 남습니다.

나는 공무원의 시작을 1956년에 군산시에서 임시직으로 출발했습니다만 뜻한 바 있어 1958년 1년을 쉬고 정식으로는 1959년에 지방서기로 시작했습니다. 그 이듬해 3·15부정선거 바로 이어 4·19혁명 또 다음해에 5·16혁명 등 숨 가쁘게 다가온 격변기 때마다 공무원 숙정과 감원 선풍 등을 견디어내야 했고, 혁명업무를 직접 담당하여야 했습니다.

그 때는 미혼시절로 군청과장이 국가주사일 때 나는 지방서기로 임명된 지 5개월 만에 국가주사로 특진되었기에 청내에 화제의 대상이기도 하고 질시의 대상도 되었습니다. 그러나 열과 성을 다하여 밤을 새워 일을 했을 뿐만 아니라 4·19데모의 여파가 지방에도 파급 확산되던 즈음 하루는 데모대가 시청으로 몰려온다는 다급한 전갈이 있자 2층에 자리한 우리 총무과 직원들은 모두가 다급히 비상계단을 통해 뒷마당으로 피신했지만 나는 나 자신의 결심으로 혼자 총무과를 지키다 데모대를 맞기도 했습니다.

그전에도 불쌍한 사람을 대신해 벌을 자청했다가 심한 곤욕을 치렀던 경험이 있었지만 이 날과 같이 데모대 대표와의 극적인 만남은 일생 잊울 수가 없습니다. 나야 이미 각오하고 기다리는 처지이지만 뜻밖인 듯 놀라는 눈치였습니다. 다른 부처엔 가 보니 자리가 텅 비어 만나기가 어려웠는데, 바로 나를 만날 수 있어 다행이라는 겁니다. 그들의 요구 사항을 신신히 들이 주었더니 오히려 고맙다 했습니다. 나는 그들의 요구 대로 코로나 택시 1대와 앰프장치를 빌려 가두방송을 할 수 있게 설치해 주고 본네트에 태극기를 덮어주어 가두 방송을 할 수 있도록 해주었지요. 좀 괴롭고 힘은 들었지만 당시 위기관리에 최선을 다했던 것을 외람되지만 젊었을 때 나라에 대한 조그마한 기여라고 자위하고자 합니다.

엊그제 지방선거 때도 지방공무원들이 어느 후보 쪽에 줄을 서야 할지 고민하고 있다는 신문기사를 보며 문득 나의 젊은 시절의 자화상이 눈에 선연히 떠올랐습니다. 4·19로 여당이 무너지고 야당인 민주당이 부상하던 시절, 축첩 공무원, 병역기피 공무원 무능력 공무원 숙정바람이 부는데, 지방공무원들은 3·15선거 때 불가피하게 여당인 자유당 쪽에 줄을 서야 했던 죄책감 때문에 쥐구멍에라도 들어가고 싶어 좌불안석할 때 나는 젊은 공무원으로서 많은 고뇌를 하며 결심했습니다.

앞으로는 여,야 어느 쪽에도 줄을 서지 말자. 굳이 줄을 서야한다면 정의 쪽에 줄을 서자! 그리고 인내하자. 이렇게 마음을 다지고 있는 사이 다급하게 다가온 격랑의 5·16을 다시 맞았습니다. 불안하고 긴장된 분위기에 눌려 있는 사이, 혁명정부는 인력감사를 실시하고 기구의 통폐합과 정원감축이 단행되어 모든 공무원이 순차적으로 1급식 강등되고 최하위직급은 감원되어야 했습니다.

이 무렵 선관위가 창설되었고 나는 생애의 대부분을 의탁했던 선관위에 오게 되었습니다. 초창기엔 국민들의 인식이나 이해가 부족하여 선관위에 있다고 소개하기가 거북할 정도이었습니다. 인원도 전임간사와 직원 등 2인으로 장비고 뭐고 아무것도 없이 남의 사무실 구석에 책상 하나로 놓고 초라하게 출발하였는데도 얼마 안 가 50%감원으로 2인중 1인이 감원되는 고통을 또 감당해야 했습니다.

그 후 30년이 지난 지금은 여러 차례의 선거와 국민투표를 관리하고 정당사무를 관리하며 사무의 기량과 역량의 향상은 물론이고 인원도 자질이 향상되고 소속감이 강해졌으며, 장비시설도 괄목할 만큼 발전하였을 뿐만 아니라 선관위에 대한 국민의 신뢰와 기대도 우리가 감당하기 벅찰 만큼 높아지고 커졌습니다. 그러나 이는 대외적으로 보이는 다소 과장된 외양이고 내부적으로 안고 있는 고민도 적지 않습니다.

이 고민은 여러분이 풀어야 할 숙제이기도 합니다. 첫째는 높아진 위상에 걸맞게 내실을 다져야 할 일과, 둘째는 일선위원회의 고충을 해소하는 일입니다 일선위원회의 국 과장만 해도 직급이

나 직명은 상위로 승차했으나 타 부처처럼 상위 부서로 올라 앉는 것도 아니고 통솔할 부하직원이나 영역이 많아지는 것도 아니며 직명에 상응하는 기대치에 현실이 미치지 못하니 좌절과 욕구 불만으로 사기가 정체되어 있으며 또 이들 세대는 상사로부터 꾸지람을 들으면서도 순종해야 하나 신세대인 부하직원들로부터는 자기가 상사에게 하는 것만큼의 예우는 받지 못하면서도 오히려 치받히는 샌드위치 같은 처지를 십분 이해하면서도 해소책을 찾지 못하는 것이 참으로 안타깝고 연민의 아픔을 금할 수가 없습니다.

우리는 선거관리를 위하여 탄생하고 존립하는 기관이면서도 특히 이번 4大 지방 선거를 앞두고 격무를 감당할 자신이 없어서인지 일부 예외가 있긴 하지만 명예퇴직자가 증가했는가 하면 저 지난 지방선거와 국선 대선을 치를 때도 전국에서 순직자가 생기고 아직도 과로로 앓고 있는 분이 계신 줄 아는데 불행 중 다행으로 우리 대전은 다 건강해 주어서 얼마나 감사했는지 모릅니다. 이번에도 그런 불행한 일이 없지 않을 듯 하여 마음 아프고 뭐라 위로할 말을 찾자 못하는 것이 안타깝기만 합니다.

이번 4대선거의 동시관리는 우리 위원회의 관리 능력도 한계에 이르렀지만 유권자들의 후보자 선택안목도 한계를 초과했다고 보여져 앞으로 인쇄물과 홍보물의 양을 줄이고 선거별 식별을 용이하게 하고 우편투표함 개함 시간의 신축 등 효과적인 개선안이 연구 도입되어야 한다고 생각합니다. 일선 국,과장 들에 대한 예우와 사기앙양을 위해서도 선거 때에는 특별 위로금의 지급이 실현되기를 희망합니다. 나는 재임하는 동안에도 여러분의 지위나 대우의 향상을 위해 나름대로 고민을 많이 했습니다만 비록 떠나가서도 여러분 편에 서서 미력하나마 그 고민을 계속할 생각입니다.

이제 선관위를 떠나면서 굳이 자부심을 갖게 하는 것이 있다면 정치적 중립을 존립목적으로 하는 선관위에 있는 동안 유신과 5공 등 어려운 시기에 소신을 세워 일하기가 어려운 때인데도 선거관리에 있어서만은 중립을 지키겠다는 내 양심을 확고히 지켜낸 것이 위원회에 대한 기여라 생각되며 그 결과가 나라에 대한 기여로 귀의한다고 생각되어 나는 자랑스럽게 기억하고자 합니다. 그래서 나는 선관위와 여러분들을 영원히 존경하고 사랑할 것이며 선관위에서의 추억을 소중히 간직하려 합니다.

이제 며칠 편히 쉬시고 건강을 돌보시며 선거의 마무리에 최선을 다 해 주십시오. 끝으로 이 자리에 참석하신 모든 이와 장호근 국장 이하 직원 여러분의 앞날에 영광과 행운만이 함께 하시고 가정은 평화와 축복만이 충만하시기를 빌겠습니다. 나는 이제 미지의 지평을 향해 불확실한 먼 여정을 떠나려 합니다. 여러분 안녕히 계십시오.

— 허재규

※첨언; 이상은 1995년 5월 27일 4大선거를 치른 직후 6월 30일에 대전광역시 상임위원을 퇴임하며 남긴 고별사입니다.

명상화두(瞑想話頭)

나의 결단력

나는 결단력이 부족하다. 그건 나의 큰 약점이다 허나 준법심(遵法心)과 실천력은 강하였기에 이나마의 삶을 유지할 수 있었다고 회고한다. 혹 결단력이 강하여 사업이라도 한다 했으면 준법심은 강하고 결단력은 약한 내가 오히려 성공보다는 실패했을 것 같다. 가정에서도 유망 부동산이라도 찾아 해매고 투기대열에 참여했으면 큰집에 큰 차를 갖고 살 수는 있었겠지만 그걸 이루는 동안의 조바심과 노심초사가 나를 병들게 했을지도 모른다.

아내는 세상 물정 모르면서도 남의 투기바람에 편승할 가능성이 있어 내가 조마조마했으나, 다행히 수필쓰기에 빠져 좌고우면 않고 백미문학 등 문학회 회장 역할에 집중하고 있어 참 다행이다 싶다.

하긴 지금이라도 어느 바닷가 초가에서라도 앞 울담 밑까지 밀려오는 파도를 보며 단 몇 달이라도 살아보고 싶다. 바랑이나 하나 지고 죽장망혜 (竹杖芒鞋)로 남녘 바닷가라도 탐방하고 싶지만 다리에 자신이 없어 나서지도 못하고 있으니 역시 꿈으로만 끝날 지도 모를 일이다.

나의 묘비명

"일정(日政)말에 태어나 온갖 풍상(風霜)에 길들여지며 뜻을 세워 보지 못하고 거의 지고 살았네"

–처음 이 글을 쓸 때의 마음(글 중 '지고'는 이기다의 반대)

"인고(忍苦)의 세월 속에서도 희망을 붙잡을 수 있어 몸 편히 살다 감사하는 마음으로 가네"

–시간이 지나 묘비명을 고치는 지금의 마음

나의 사생관(死生觀)

생사일여(生死一如); 삶과 죽음은 하나요, 같은 것이어서 항상 바르고 맑게 살려 한다.

쉬며 생각하며(옮겨온 글)

- 스스로 자신의 매서운 스승 노릇을 해야 한다.
- 버려야할 때 버리지 못하면 화가 되느니라.
- 강물이 깊으면 소리가 나지 않는다.
- 자네와 나는 살아온 길이 다르듯 살아갈 길도 다르네.

4

여행

스위스 취리히에서

제주도 유채밭에서

포세이돈 신전에서

파리의 소르본느 대학에서

손녀 정우와 나연

프라하에서 아내와 딸, 손녀

캐나다에서 사위와 딸 경혜, 외손녀

청산도 보길도 여행

그토록 가보고 싶어 몇 해를 벼르다 떠난 이틀간의 청산도, 보길도여행을 마감하고 땅 끝을 향해 가는 페리에서—.

사실 내가 청산도를 보려 한 것은 그 풍광이 내 고향을 닮아서이지만 사람들은 ≪서편제≫ 영화 촬영지여서 찾기 시작했고 요즘은 아시아 최초의 '슬로우시티'로 지정되어 앞만 보고 달리는 현대인들에게 느림의 여유를 맛보는 힐링의 여행지로 인기가 있는 듯하다.

나도 주말로 계획하다 진료까지 미루며 주중으로 앞당긴 건 버스나 여관이 붐비지 않아 편할 듯해서다. 아닌 게 아니라 주말엔 42명이나 신청했다는데 우리는 18명이니 모두가 한가해서 좋았다.

그러나 혼자여행의 불편한 점은 식사 때다. 일행으로 온 사람들은 저들끼리 앉는데 혼자인 나는 끼어 앉을 데가 마땅치 않다.

그래도 늙은이 대접으로 소주 한 잔 대접은 받았는데 저녁에 회를 먹는다며 안내가 차중에서 주문을 받는 바람에 회주문을 하지 아니한 나는 식당에서 어디 앉아야 할지 몰라 헤매고 있었다.

60이 다 되었을 아주머니 두 분 일행이 자기네도 회를 시키지 않았다며 그리로 오라하여 합석을 했는데 그래도 노인이라고 접시에 국을 자꾸 떠 줘서 다행이었다.

이틀날 땅 끝에서는 점심이 자유식이라며 각자 먹으라 하여 식당을 찾는데 집집마다 식당 간판이 붙어 있어 식당은 많은데 손님도 주인도 없었다. 사람들은 다음 다음 집을 찾아 헤매어 나가는데 나는 다리가 아프고 지쳐 뒤따라가다 손님은 없지만 젊은 주인이 있어 전복죽이 되냐 물으니 20분 걸린다 하나 주문하고 앉아 있는데 우리 버스 안내와 운전기사가 들어와 낙지볶음을 시켰다. 그들의 식사는 바로 나와서 먹기 시작하고 나는 한참 더 기다렸다 죽이 나와 먹는데 그들은 다 먹고서도 일어나지 않고 내 식사가 끝나기를 기다리는 듯 담소만 한다. 나는 그들 밥값까지 계산했다. 닳고닳은 인생들 내가 선심 쓰자.

고맙다는 인사조차 없으니-내가 1인실에 자고 하니 돈이 있는 노인으로 봤나 보다-허나 앞으로는 그런 선심은 없으리라.

돌아보면 가는 곳마다 카메라로 사진만 찍고 메모를 안 해 놓아서 이제 몇 자 적으려니 기억이 정확한지 자신이 없다. 청산도에서도 해변 사진을 세 군데나 찍었는데 지금 어느 사진이 지리해변

이요, 진산해변이요, 신흥리 해수욕장인지 정확히 기억이 나지 않는다. 그리고 '땅끝'은 내가 옛날에 보았던 전망대 있는 바로 그곳 토말(土末)이려니 기대하고 갔다.

이제 이틀간의 여행을 마감하고 땅끝을 향해 가는 페리에서 모두가 객실에 누워 있는데 혼자 나와 난간에 서서 잔뜩 흐린 하늘에서 시선을 내려 무심히 일렁이는 바다를 보고 서있다.

배가 가르며 나아가는 물결을 따라 밀려가며 꺼지는 포말을 응시하고 있노라니 최면에라도 걸린 듯 바다에 들어가고 싶어진다. 그래서 밤배는 타지 말아야 하나? 아님 밤배를 타야 하나 판단이 얼른 서지 않는다.

차라리 머리를 들어 머언 수평선을 보니 잠시 혼란스러웠던 마음이 차분해지며 먼 상념의 나라로 되돌아가 나를 들여다보게 한다.

청산도 하면 고양이가 툇마루에 졸고 있고 강아지는 김매는 꼬부랑 할머니의 뒤를 따를 것만 같았는데 유적지마다 미역, 멸치, 건어물 등 좌판을 펼쳐놓고 장사를 하는 모습이 나를 실망시켰다. 여름이면 해수욕에 좋다는 신원리 해변 등 해변 두어 군데를 보고 돌아왔다.

≪서편제≫에서 보던 김명곤 김규철 오정혜가 한마당 놀던 돌담 삼거리 길. 봄철 TV나 화보에서 보는 유채꽃이 소박하게 피어 있는 그 돌담 삼거리 길은 버스가 갈 수 없으니 50분을 걸어 탐승

하여야 한다. 나 보고는 버스를 탄 채 부두로 가라며 모두 내린다 – 25일 TBS가 방송하는 청산도를 보니 고인돌이 있고 또 장례문화 중 육신이 유탈될 때까지 초막을 덮어 가묘를 만드는 초분이 아직도 남아있었다. 무리해서라도 걸어가 볼 걸 하고 후회하며 다음 기회에는 기운을 아꼈다 걸어보리라.

부두에 도착한 나는 기다리기가 무료하여 버스 앞 가게에 들러 집에서는 3,000원짜리 전복 2개에 10,000원이라 하여 참고 순희 막걸리 한 병을 시켜 먹었다. 막걸리가 롯덴가 보해든가 유명회사 산인데 맛이 약간 달콤하여 장수보다 좋아 보였으나 전복이 산지인데도 비쌌다. 주(酒) 후 돌아보니 수산시장이 큰 건물에 있다. 진작 알았더라면 수산시장서 해삼이나 소라도 먹을 걸 하고 후회했다.

1995년 내가 퇴직 후 찾았던 보길도엔 육지에서 차를 끌고 들어가기는 했지만 섬안의 자동차는 필리핀의 지프니처럼 찝차를 고쳐 만든 차 하나가 부두에서 세연정까지 1인당 2000원씩인가 받고 합승을 시켜 나르던 찝 택시가 고작이었는데 지금은 골목마다 트럭과 승용차들이 서 있는 걸 보며 내가 바라는 원형의 향수는 나의 편견이요 오만인 것 같아 공연히 미안해진다. 이들도 삶이 향상되고 편해져야지 하면서도 왠지 내 맘속에 앙금처럼 남는 나의 속 좁은 향수는 내 맘속에 향수로만 남겨 두어야 할까 보다.

보길도에선 다랑이 논을 본다며 돌담 쌓은 동네 길을 걷는데 마당이 정갈하게 쓸은 신형 기와집 마당에서 초로의 두 노파가 뭔가를 다듬고 있어 실례를 무릅쓰고 들어가 뭐하려 다듬느냐 물었다. 노파들도 지레 아는지 팔려고 다듬는다 하여 값을 물으니 5000원이라 하여 두말 않고 쑥을 사들고 버스로 돌아왔는데 버스 옆에 좌판을 펴고 미역 씨앗 등을 판다. 그런데 좌판 아래에 쑥이 담긴 비닐을 발견하고 쑥값을 가늠하여보려 값을 물으니 역시 5,000원이라 하여 무리이지만 섬 쑥이 좋다는 말에 자위하며 또 사서 들고 오는데 아까 것보다 좀 더 무겁다. –미역 따위는 사지 말라는 아내의 부탁을 유념하곤– 좌판을 둘러보며 그나마 다행인 건 쑥을 만난 것이었다.

서울 쑥은 말이 쑥이지 쓰지 않는 쑥이어서 속상케 했는데 섬 쑥을 만났으니 반가울 수밖에…. 그중 아쉬운 건 쑥 짐이 많아 보길도 세연정에서 만난 하수오주를 사지 못한 것이 내내 아쉽다.

그러고도 아쉬운 건 장보고 동상이 선 건물까진 계단을 올라가야 하는데 멀리서 사진만 찍었다. 하긴 다른 사람에게 물으니 그들도 건물엔 들어가지 않았단다. 또 세연정을 지나서도 낙서제 밑까지 그러니까 90%는 걸어갔는데 바로 기와 건물 앞에 가파른 경사 길을 오르기가 버거워 포기하고 되돌아섰다.

이번 여행에서의 큰 수확은 바다 물결을 동영상으로 촬영하여 끊임없이 흐르는 바다 물결소리를 들을 수 있게 된 것이다. 더 긴 시간을 촬영하지 못한 것이 아쉽다. 지금도 예송리 해변의 검은 조약돌을 때리는 바다 물결소리를 듣고 있다. 본시 파도 하면 큰 물결을 일컫는데 내가 듣고 싶은 소리는 아주 작은 파도가 밀려와 부딪는 잔잔한 바다 물결 소리다.

대부도 가는 길

1997년 11월, IMF가 터져 경제가 낭떠러지로 추락하고, 기업의 통폐합과 구조 조정 등으로 서민의 삶이 한데로 내몰리고 생활에 대한 불안이 계속될 즈음이다. 1998년 4월, 어느 역사연구회에서 삼포도 탐방을 한다는 작은 기사를 보고 바람도 쐴 겸 여행을 신청했다.

대부도는 썰물 때에 길이 열리면 걸어 들어갈 수 있는 섬인데 서울에서 그리 멀지 않는 섬이어서 꼭 한 번 가보고 싶었던 섬이었다. 버스가 대부도 바닷길이 열리는 바닷가 2~3킬로 못 미처에서 멈춰 섰다. 오전 시간이다 보니 섬에서 나오는 반대 차선은 텅 비었는데, 섬으로 들어가는 우리 차선은 경제가 어렵다는데도 수백 대의 차가 줄지어 기다리고 서 있다. 모두가 난감해 했다. 그런데 우리 버스엔 기적이 일어났다.

반대 차선으로 지프차 하나가 역주행하여 나오더니 우리 버스를 반대차선으로 선도(先導)하여 역주행으로 가는 게 아닌가? 역사연구회의 인솔자가 마이크를 쥐고 자랑스럽게 발표한다.

앞에 앉아 계시는 얼마 전에 퇴역하신 이 장군님께서 미리 연락해서 이런 혜택을 받고 있다는 취지의 발표를 한다, 우리는 박수를 쳤다. 내 옆에 앉은 노인도 일어나 "이게 장군님 덕이니 우리 장군님께 다시 한번 박수로 감사합시다!" 칭송 발언을 한다.

우리 버스는 불과 몇 분 만에 바닷가에 도착하여 조그마한 막사 앞마당에 내려 집합했다. 우리는 계속해서 연구회 측 인솔자의 안내 말을 들어야 했다.

그 날의 일정을 안내하고 다시 이 장군님 예찬을 하며 먼저 박수를 치기 시작하니 우리도 따라 쳐야 했다. 그 연설이 끝날 즈음, 나는 인솔자에게 항의를 제기했다.

"지금 나라가 IMF를 맞아 우리 사회에 팽배한 반칙(反則) 풍조를 걷어내고 국제적인 룰을 지키는 사회로 거듭나야 산다고 온 국민이 총력을 기울이고 있어야 할 때입니다. 이때 반칙을 저지른 걸 잘했다고 몇 차례씩이나 치하하고 있느냐? 거기 서 있는 차 안에서 길이 열리기를 기다리는 사람들은 뭐라고 생각하겠는지 짐작이나 해보셨나? 나는 뒤통수가 부끄러워 혼났다."라는 취지의 힐문(詰問)을 했다.

단 한 번의 칭찬이라면 나도 참고 넘겼으리라. 어차피 지나간 일이 되었고 다시 만날 사람들도 아니고 하니 말이다. 그러나 계속되는 칭찬에는 모두가 동의하고 있지 않아 반대도 있음을 밝혀야 했고, 그 그릇된 생각을 바로잡아 주어야겠다는 분노감에서 항의를 제기한 것이다.

지금 생각하면 그때가 퇴직한 지 얼마 안 되어서 공심(公心)이 남아 있어서였을 거란 생각이 든다. 사람들이란 불편한 옳은 일보다는 편한 특혜를 좋아하기 때문에 나는 왕따가 될 각오를 하고 바른말을 한 것이다,

점심땐 그들과 같이 앉아 눈총을 받느니 끝자락의 외 탁자에 혼자 자리를 잡아 앉았다. 그런데 40대 초반의 간소복 차림의 사내가 걸어와 내 옆자리에 앉는다. 또 앞에는 10여 세의 사내아이와 함께 40대 후반의 아주머니가 다가와 앉는다.

내 옆에 앉은 그 간소복의 사내가 내게 말을 건다. 자신은 현역 육군 소령이며 모 지역의 민사(民事)관련 부서에 있는데, 휴일이라 이 섬을 보고 싶어 일부러 나왔노라며 명함을 내민다.

"선생님 초면에 존경스럽습니다. 선생님 같으신 어른을 곳곳서 만날 수 있어야 하는데." 하는 말을 마치기도 전에 내가 "천만에요. 존경이라니 가당치 않습니다." 그의 말을 막았다.

"오히려 귀관과 같이 바른 생각을 하는 장교를 만났다는 게 참 기쁩니다."라고 대꾸했다. 그 순간 앞에 앉은 아주머니가 "저도 오늘 자연관찰을 겸하여 아이를 데리고 나와서 보이지 말 걸 보인 것 같았는데 선생님의 말씀으로 큰 교육이 되었습니다."고 한다.

나는 답했다. "설령 마음속으론 동의하신다 해도 이렇게 자리까지 같이 하기엔 내키지 않았을 터인데 저 못지않게 용기가 크셨습니다."라고.

조금은 씁쓸할 뻔 했던 대부도 여행길이 이 젊은이들로 인해 훈훈한 마음을 안고 돌아왔다.

기차 타고 가을 나들이

우리 퇴직자 모임은 규약에 따라 짝수 달의 둘째 월요일에 모인다. 오랜만에 기차를 타보는 것도 신선했고, 차창 밖으로 보이는 근교의 풍경도 흥미로워 가을 나들이의 정취를 흠뻑 느낄 수 있었다.

우리 모임의 장소는 의정부역 2층이라 하나 서울 북쪽으로는 나들이 해본 적이 없는 나는 의정부역이 철도역이라고는 알고 있었으나 지하철이 닿는지는 모르고 있었다. 곰곰이 지하철 노선도를 보니 7호선을 타고 가다가 도봉산역서 1호선으로 환승하여 두 정거장을 더 가면 의정부역이다.

반포역서 의정부역까지는 약 55분이 소요된다. 단지 의정부역에서는 지하철에서 내려 700원짜리 기차표를 사고 11시 20분발 경원선 기차로 갈아타야 했다. 출발 2~30분 전에 승차해야 좌석에 앉아 갈 수 있다 근교를 달리는 열차에는 시골 할머니와 아주머니들의 가을 배추나 풋고추, 호박잎 따위의 농산품이 담긴 들통이나 조금은 물이 간 해산물이 담겨 갯내음이 나는 들통도 실려 있었다. '좀 불편해도 참자!' 스스로 마음을 다독이며 옮겨 탔는데 정작은 서울의 지하철과 같이 깨끗해서 좋긴 하였으나, 예상이 빗나가고 보니 우리들 고향의 원형을 잃은 듯하여 저으기 실망스럽기조차 하였다.

차창 밖으로 보이는 건축물 특히 밭 가운데에 서 있는 아파트들은 왠지 언밸런스하게 느껴졌고, 일반 건축물들도 서양적이고 도시스러워 근교의 추색(秋色)을 만나기가 쉽지 않을 듯 했다. 월요일인데도 등산복차림의 남녀 장·노년들이 꽤 있었고 서울 근교서 단풍이 좋다는 소요산역에서 내리고 탄다.

소요산역을 지나니 남에서 북쪽으로 흘러 한탄강에 흐르는, 강폭 40미터 정도의 신천이 기찻길을 감돌며 북쪽으로 흐른다. 북으로 흐르는 강 신천, 상식을 뒤엎는 이 낯선 경관이 하나도 낯설지 않는 건 우리가 열차를 타고 북쪽으로 가고 있기 때문이 아닐까 하고 생각된다. 얼마 안 가 물은 잦아졌으나 강폭이 200미터쯤 되어 보이는 한탄강을 가로질러 지난다.

풍수해 피해 없이 잘 자라 익은 황금빛 누런 벼를 보니 풍요가 느껴진다. 남의 농사지만 밥을 먹고 사는 사람으로서 배가 부르는 듯 뿌듯해진다.

또 밭에서 싱싱하게 자라는 가을 배추를 보니 차라리 여름을 느낄망정 가을을 느끼기 어려웠으나 잎이 누렇게 물든 콩밭의 콩잎을 보니 가을임이 분명하여진다. 그러고 보니 산의 나무 색도 누래진 것 같았고 잡풀들도 본래의 진녹색을 잃어가고 있었다.

우리는 1시간 20분 만에 신탄리에 도착했고, 식당 승합차가 마중 나와 있었다–걸어서도 5분이면 갈 수 있는데–우리는 철도 종단점이 걸어서 20분 거리의 가까이 있다 하나 배가 고파서 곧장 식당으로 향했다.

'강변 오리식당'이라 하나 강은 없었고 몸에 좋다는 오리고기 한 접시에 35,000원 장정 3인이 먹다 남아서 구워서 싸준다며 주방으로 갖고 들어간다. 마지막엔 국물에 수제비가 나와 만족했다.

특별히 이웃 경관이 좋거나 볼거리가 많은 건 아니지만, 자가운전하는 피로와 스트레스도 없이 짧은 시간에 편안한 기차여행으로 시골풍경에 젖어 볼 수 있었던 것이 나로서는 신선하여 정말 기분 좋은 나들이였다.

※ 참고 : 요즘은 지하철이 동두천까지 연장되어 교통이 더 편리하다 하나 기차 타는 정취를 느끼려면 역시 전처럼 의정부역서 열차로 갈아타는 것이 나들이의 정취를 더 하게 할듯하다.
의정부역발시각; 필요분만 적으면 09:45 10:20 11:20이 있고 소요시간은 1시간 20분이다. 신탄리역발은 13:00, 14:00, 15:00, 16:00가 있다.

남도천리(南道千里)

옛부터 금수강산이라 일컫는 우리의 산하 강토가 어디 한 군데 문화유산 아닌 곳이 있을까마는 유홍준 문화재청장의 ≪나의 문화유산답사기≫를 보면 그중에서도 백미는 남도천리라 했다.

언젠가 기회가 닿으면 꼭 답사해 보리라 다짐하고 있던 차 1995년 6월, 오랜 공직생활을 떠나면서 바뀐 일상에 적응하느라 두어 달 동안을 집에서 뒹굴었다. 죽장망혜로 일단 제주도로 날아갔다. 제주도는 내가 몇 년 근무도 해서 잘 아는 곳이라서 전혀 색 다른 곳을 찾아 나서기로 했다.

천주교 박해 때 순교한 황사영(黃嗣永). 백서(帛書)의 주인공 황사영의 아내 정난주 마리아가 1801년, 제주 대정현(현재의 제주도 남제주군 대정읍 보성리)의 관비로 추락하여 유배되어 37년을 살았다. 다행히 관비 담당관리 김씨 집안에서 어린 아들을 보살피는 걸 주 업무로 하여 '한양 할머니'로 불리우며 살았다. 자신의 아이 생각은 얼마나 났을까? 늙어서는 봉양도 받으며 살았으나 관비의 신분이어서 나들이가 부자유스러워 모자 상봉은 못 해보고 살다가 1838년 음력 2월, 병으로 숨을 거둬 이곳에 묻혔다 하니 담당 관리 김씨의 따뜻한 인간애에 감사하고픈 마음 간절하다.

이 정난주 마리아는 우리의 한말(韓末) 역사에 등장하는 정약종(丁若鍾)의 조카이며, 정하상(丁夏祥)의 누님이다. 정난주 마리아는 유배 가면서 젖먹이 아들 2살짜리 경헌을 데리고 가는데, 이 아들이 커서도 죄인의 자식으로 평생을 살아야 했기에 뱃사공에게 뇌물을 주고 추자도에 내려놓게 했다.

이 아이는 오씨 성을 지닌 어부의 손에 키워졌고, 세월 따라 잊혀졌으나 훗날 1909년, 제주본당 2대주임 '라크루' 신부가 추자도 전교를 위해 왕래하던 중 경헌 후손들의 비참한 생활을 알게 되어 고국 프랑스 은인들의 후원금을 모아 집과 농토를 사주었고, 이들 황사영의 후손들은 지금도 추자도에 살고 있다한다.

제주를 떠나기 위해 '열차시각표'를 보니 가장 빠른 3시간 소요의 완도행 연락선을 타기로 했다. 날씨가 하도 좋아 갑판으로 올라갔다. 곧 선상 승객들과 말이 트였고, 그중 한 분은 보길도에 들러 고산(孤山, 윤선도)의 유적지를 보고 가란다. 그리고 언제든지 기회가 닿으면 자기 집에 들르라며 내 수첩에 자기 집 주소와 전화번호 이름 등을 세련된 해서체로 손수 써준다.

지금도 수첩을 펴고 글씨와 이름을 보면 그때 생각이 선연히 떠오르며 그 친절한 마음씨에 가슴이 뭉클해진다.

나는 바다가 무서워 마음에 흡족토록 배가 커야 마음 편히 탄다. 1시간 후 보길도행을 보니 생각보다 배가 크고 차들도 여러 대를 싣는 게 아닌가. 배안에서 들은 정보는 세연정까지 차를 타야지 걸어가기는 좀 멀다는 것이다.

여행객이 이 섬까지 승용차를 끌고 들어오는 건 뜻밖이다. 대부분 승용차를 타고 섬을 누비는 걸 보고 집에서 떠날 때는 죽장(竹杖) 망혜가 상징하듯 혼자 터벅터벅 걷기도 하고 자유로워서 좋을 줄 알았는데 그게 아니다. 말벗도 필요하고 심부름 해줄 젊은 사람도 필요하여 늙어서 여행을 하려면 셋이어야 짜임이 맞을 듯 하겠다고 생각하며 나는 택시를 기다렸다.

택시는 2,000원씩 받는 합승 찦차다. 그나마 다행으로 여기며 편승을 했다. 나는 여기에 거의 모든 이들이 관광하였을 경승지나 명소에 대한 설명을 적을 생각은 없다.

나와 같은 사람은 어떤 형태의 여행을 하는 것이 편한가의 방법과 여행 중 체험과 귀한 만남 등을 적고 싶을 뿐이다.

내가 겪은 젊었을 때의 나의 여행경험을 회고하면 내가 40대 후반, 아내와 함께 관광버스 편으로 안동호를 거쳐 백암온천, 성류굴을 관광 갔을 때 일이다.

버스가 서울을 떠나 고속도로로 진입하여 경기권으로 들어서자, 단체로 온 아주머니들이 노래를 부르기 시작하더니 슬슬 일어나 흔들더니 춤을 추기 시작한다.

요즘에야 알게 되었지만 이와 같이 관광버스에서 춤을 추고 노래하는 행위는 사고를 부를 수 있어 법적으론 금지되나, 버스 기사의 월급이 없으므로 사고 위험을 무릅쓰고 팁을 받기 위하여 춤과 노래를 권장한다는 얘기다. 지구상 어느 나라에서도 볼 수 없는 오직 우리나라에서만 경험하는 풍경이다.

혹자는 말한다. 얽매어 살던 아주머니들의 해방감 때문이라고 변명도 하지만 우리나라 여성보다 더 얽매어 사는 인도의 하층 여성이나 이슬람권 여성들에서도 볼수 없는 풍경이다. 아마도 가무를 좋아하는 우리 민족성과 낯모르는 이 앞이라 집단의 위력으로 잠시 체면을 버리는 것과 어우러져서가 아닐까하고 생각된다.

이 반칙(反則)의 문화는 언제쯤 사라질지? 버스 안은 노부부 두어 쌍과 외짝으로 온 남자 두 분이 같이 앞쪽에 앉았고 우리를 포함 중년부부 두 쌍은 뒤쪽에 앉아 가는데 아주머니 두 분이 나에게로 와서 앞에 선 아주머니가 '캡틴 큐' 한 잔을 따라 권한다. 뒷 아주머니는 멸치봉지를 들고 뒤따르며 멸치 서너 개를 먹여준다. 우리 부부는 아주머니들의 노는 것을 묵인하고 참아야 했다.

우리는 저녁에 백암온천에 도착하여 나는 화장실부터 가려는데 아내가 막는다. 먼저 방을 배정 받아야 한다는 것이다. 방이 하나 모자란다 하여 우리가 양보하고 온천장 앞 동네에 있는 민박 방을 받았다.

시골 초가 집, 그래도 도배는 깔끔하게 되어 있는 방이어서 다행으로 여겼으며 아침에 잠이 깨니 "뻐꾹 뻐꾹" 뻐꾸기의 청아한 소리가 상쾌하게 들린다. 태고의 아침이 묻어나는 산골 정취에 마음을 적시며, 우물에서 퍼 올린 물로 세수를 하니 인간의 영원한 고향 모태(母胎)의 안온이 느껴진다. 아마도 왁자지껄한 온천장에서는 이 소리를 듣지 못하리라.

아내는 "민박은 좋았다고, 그러나 관광버스로의 여행은 다시는 하지 말자." 한다.

그 후 우리 부부는 아내는 아내대로 야영단 인솔, 방학 때의 연수 등으로 공무 출장을 다녔고, 나는 나대로 출장을 다녀 줄곧 따로 다니는 데에 익숙해졌다. 그러다 보니 내가 퇴임하고도 아내는 현직에 있어 나는 혼자 남도천리 여행에 나선 것이다.

나는 완도행을 차질 없이 하기 위해 일찌감치 선창으로 가고자 '세연정'을 나왔으나 차편이 없어 난감하던 차 승용차를 타려는 40대 부부의 고마운 편승 허락으로 선창에 도착하였다.

완도행 연락선을 기다리는데 축항내로 들어오던 그 큰 배가 고장이 나서 접안을 못하고 1시간 이상을 서 있어 나를 불안케 한다.

기다리는 사이 토말(土末)행 연락선이 먼저 들어오기에 나는 생각을 바꿔 토말행을 타고 나와서 버스 편으로 진도에 들어가니 저녁 8시나 되었다.

급히 여관을 잡고 식당을 찾아드니 썰렁한 시골 식당의 밥맛이 내키지 않으나 억지로 한술 들고 여관에 돌아와 누우니 너무 호젓하여 심심하나 이것이 사회적응 훈련이라 되뇌며 눈을 붙였다.

이튿날 아침 택시를 한참이나 타고 운림산방(雲林山房)엘 찾아갔다. 관광객도 젊은 남녀 둘이 있을 뿐, 주차해 있는 승용차도 없다. 아침이 일러서일까? 두어 시간을 관람하다 나와 정오가 다 되어가는 데도 오는 손님도 없고 승용차도 지나는 택시도 없다. 은근히 걱정되던 중 승용차가 한대 지나가기에 손을 들고 세웠다. 40대의 대구분들인데, 부부가 승용차로 전국을 여행하고 있는 중이란다. 사정을 듣고 고맙게도 편승을 하여 진도 버스터미널까지 닿을 수 있었다.

나는 운전을 배울 때, 우리 기사의 지도로 주행연습을 했는데 내가 길가에 서있는 사람을 태워주려 하자 기사가 강하게 막으며 탈 땐 고맙게 타지만 일단 사고가 나면 보상을 해달라 하여 애먹으니 야박해도 편승을 시켜주지 말아야 한다고 배웠다. 그런데 나는 남의 신세를 요청하는 뻔뻔이가 되었으니 느껴지는 가책이 너무 크다.

나는 고생스럽기도 하여 버스로 상경을 할까하다 해남서 갈아타고 강진으로 갔다. 강진에 도착하면 먼저 다산초당(茶山草堂)을 가보기로 하고 내리자마자, 택시를 잡고 초당을 가며 물으니 초당은 산 중턱에 있어 올라갔다 내려와야 한다기에 운림산방에서 차가 없어 고생했던 생각을 하며 왕복예약을 해야만 할 것 같아 타고 가는 차중에서 2만원에 왕복 예약을 했다.

도착하여 부지런히 걸어 오르는데 숨이 턱에 닿는다. 왕복예약을 잘 했지 자위하며 초당에 도착, 이곳서 그 많은 저술을 했나 조신하고 정중해지며 숙연해진다. 찻잔을 놓았던 정석(丁石)과 그 옆 옹달샘도 지금은 초라해 보여 옛으로 거슬러 생각하며 일부러 정겨워져 보려 해봤다.

초의선사가 은거하던 암자를 가보지 못하는 것을 아쉬워하며 내려왔는데, 택시들이 잔뜩 있어 공연히 왕복예약을 했나 후회하며 터미널로 돌아갔다.

문화유산답사기에서 소개하는 그 한정식 집을 찾고 싶었으나 혼자이고 또 찾기도 귀찮아 근처서 요기로 때웠다. 나는 다리가 피로하여 걷기가 싫었지만, 불과 10여 분 거리라 하여 영랑(永郎)의 생가를 찾아 걸었다. 일행들이 점점 불어난다. 마당엔 목련도 있고 저 아래엔 모란도 심었었겠지 싶었다.

그래서 그 아름답고 서정적인 〈모란이 피기까지〉가 탄생된 게 아닐까? 시가 뭔지도 모르는 내가 잠시 시상에 잠기며, '아! 영랑이여! 봄을 기다리던 영랑이여!' 7~80년 전을 거슬러 그 시절의 정경이 그려진다.

나는 〈모란이 피기까지〉를 웅얼거리며 강진서 집으로 돌아가기 위해 서울행 버스를 타고 생각에 잠겼다.

'세계테마 기행'을 보고

2010년 11월 26일 오후, 무심히 채널을 돌리다 나의 눈은 '세계테마기행'을 하는 소설가 은희경을 따라가고 있었다. 눈앞에 펼쳐지는 모든 집들이 하얀 벽에 빨간 지붕의 중세도시의 거리를 별로 꾸밈없는 편한 차림에 선머슴아같이 짧은 머리의 작가는 북부 유럽 크로아티아의 300년 된 도시 자다르의 성당건물을 둘러보고 있었다.

성당의 기초석은 우리 6·25한국전쟁 때 피난민들이 가건물을 짓듯 로마광장의 폐허석을 주워 모아 아무렇게나 돌무더기를 쌓고 그 위에 26미터 아파트 10층높이의 벽을 세운 것이다. 건물 안엔 원주 기둥을 세울 당시로서는 무허가 건물이라 한다. 기초가 그렇듯 규칙적이지도 조직적이지도 않게 설계도 따윈 더더구나 없이 세운 건물이었다. 그동안 지진을 겪고 세계대전의 전난을 겪으면서도 그 오랜 동안 멀쩡히 서있다는 것이 신의 은총 때문인지 기적만 같아 보였다.

아드리아해 축항 시설이 된 바닷가의 쉼터 의자에 앉아 한가로이 담소하는 한 무리의 탐승객 옆에 좀 떨어져 바닷물에 발이라도 담글 듯이 시멘드바닥에 앉은 은희경의 설명을 따라 바다가 연주하는 바다의 피아노 소리를 듣는다.

화면은 은희경을 따라 흐바르 바위섬의 8부 능선의 포장도로를 걸으며 라벤다 밭을 지나 농가에 다다른다. 손수 수공업으로 만든 라벤다의 기름 술 등의 마중을 받고 향주머니도 손수 만드는 주인댁을 도우며 화목이 우거진 마당의 긴 탁자에 기대앉아 눈 아래에 내려다보이는 에메랄드 빛 아드리아해를 보며 내 옛 여행 때의 그리스 바다를 회고하게 했다. 잠시지만 사색에 잠기는 은희경의 모습이 부러워 나도 어느새 그 감정을 공유하고 있었다.

더 중요한 뉴스라도 놓칠까 하여 채널을 한 단 돌리니 OUN 방송에서 작가 박범신이 나오고 있다 하성란 작가 진행으로 중국 촐라체 여행 얘기가 진행 중이다.

저음의 진지함이 묻어나는 호소력 짙은 목소리도 좋지만, 그의 글 속에 녹아있는 인간애 등을 좋아 하는 처지라 채널을 되돌리지 못하고 푹 빠져 들었다.

오늘은 왠지 풍성한 수확을 한 기분이다.

(2010. 11. 26)

유럽 견문기

쓰기에 앞서

1988년 해외관광이 개방된 후 불과 15~6년 만에 관광인구의 기하급수적인 증가로 전국민 해외 관광시대가 되어 나라가 관광수지의 역조를 걱정하는 시대가 되었다.

그러기에 국민소득 1만 달러가 넘는 요즘의 눈으로 국민소득 2,500달러시대의 해외여행 체험을 돌아보며 금석지감에서 자부심도 느끼고 배울 것도 찾아보기 위해 이 글을 쓴다.

필자가 1986년 6월 11일부터 6월 28일까지 약 2주일간 오스트리아, 스위스, 그리스 등의 의회 및 정당 제도를 시찰하기 위한 시찰단의 일원으로 출장을 갔을 때 보고 듣고 느낀 사적인 체험의 기록이다.

당시 이들 나라를 가기 위해서는 일단 항공교통의 허브공항이라 할 파리공항을 거쳐야 했다. 우리는 파리의 국제공항인 드골 공항에 내려 잠시 쉬어야 했는데, 나는 공항 화장실에 들렀다. 그 당시 우리나라에서는 요즘도 그렇지만 누런 재생화장지는 어쩌다 보는 거고 하얀 화장지가 주류이던 때인데, 파리의 국제공항의 화장지가 누런 화장지가 아닌가. 나라의 얼굴인 공항에 재생지를 쓰는 구나! 선진국의 실용성에 감동하여 조금 뜯어온 것이 지금도 갖고 있지만 재생기술이 우수한 건지 색만 누럴 뿐 재생지는 아닌지 아직도 진실을 모르겠으나 그때는 충격이었다.

스위스

우리는 곧 스위스로 날아갔다. 비행장엔 KLM이라 쓴 비행기가 눈에 들어오는데, 저게 혹시 북한 비행기가 아닌가 하여 긴장하고 경계했던 생각이 난다. 제네바는 UN기구가 있는 국제도시이고 바젤은 중화학 공업도시, 베른은 행정도시라 하나 우리는 취리히에서 주 업무를 끝내고 남는 시간을 아껴 관광을 하기로 했다.

우리는 융프라우를 가기 위해 시골길을 달렸다. 시골길 곳곳에 산재한 시멘트 구조물은 민방위용품 보관소란다. 길옆 구릉지하의 격납고도 보았다. 스위스가 민방위조직이 잘된 나라라는 건 국내에서도 귀가 아프게 익히 들었던 터라 새삼스럽지는 않았으나 나는 호기심도 있고 하여 유심히 쳐다볼 수밖에 없었다.

융프라우 산 입구의 식당에서 식사를 하며 보니 식당 앞 매점

처마엔 세계 20여 국의 국기가 걸려 있는데, 그 속에 태극기가 걸려 있어 참 반가웠다. 식당을 나와 걸어 들어가는 그 긴 얼음 터널 중간엔 촛불 하나가 켜있고 방명록이 놓인 조그만 탁자가 있었다. 그 두툼한 방명록을 몇 장을 뒤넘기니 한국인 이름도 보여 우리가 처음은 아닌 듯했다. 나도 물론 몇 자 적어 넣었으나 뭐라 적었는지는 지금 기억나지 않는다.

그때가 해외여행이 자유화되기 전이라 사업차 출장 왔다 들른 사람이거나 나처럼 공무로 출장 왔다 들른 사람들일 터인데도 그 수가 적지 않았기에 이런 게 아닌가 생각했다.

그리고 시내로 돌아와 바로 호텔에 들르니 프론트 한쪽에 젊은 일본여성이 앉아 있어 나도 대화가 통할 수 있어 다행이다 생각되면서도 우리말을 할 줄 아는 직원도 빨리 있었으면 하고 성급한 희망을 가져보았다. 그러나 나중에 들른 시내의 시계점에는 중년의 한국 여인이 있어 그나마 위안이 되었다.

스위스는 보수적인 나라라 사창이나 도박장 등 환락의 거리등은 없으나 관광국이다 보니 관광 외국인용으로 일정 지역 내에만 유흥업소를 허용한다고 한다. 저녁엔 스위스 주재 한국 대사관에서 만찬초대가 있었는데, 그곳 주재하는 민,관 기관장의 부인들이 대사관저에 모여 잡채, 부침개, 샐러드, 쇠고기 구이 등 식사류를 만들어 뷔페식으로 만찬을 준비해 줘 진지하고도 성실한 한담을 했던 기억이 난다.

'디디제' 호수와 웅장한 '라인폴' 폭포를 보고 우리는 독일의 '슐로크데' 호수와 '흑림지대'에 들렀다가 돌아와 항공편으로 오스트리아로 향했다.

오스트리아

15일 10시 55분 비엔나공항에 도착했다. '아리랑'에서 식사를 하고 유엔센터 도나우 탑 등 간단히 시내관광을 하고 Park Hotel Schonbrunn에 여장을 풀었다.

이 곳 비엔나도 백야(白夜)의 영향이 있어선지 밖이 훤한데 호텔 방에 검은 커튼을 쳐서 캄캄하게 밤을 만들어 잤던 기억이 난다. 또 이 나라는 정책적으로 건축한지 50년 이상된 건물은 기념물로 보존토록 한단다.

우리는 본무를 끝내고 사의(謝意)를 표하고자 오스트리아 집권당인 국민당 사무총장을 예방했다, 국내서는 그때가 이른바 6월 항쟁의 만 1년 전인 때로서 일반인이 김대중, 김영삼 이름자를 입밖에 내기가 거북할 때인데, 우리가 예방한 사무총장의 제일성이 "김대중 선생 어떠시냐?"는 안부부터 물어 당황했던 기억이 난다.

'다뉴브강' 다리 건너 '비엔나 숲' 지하에는 지하폐광이 있다. 여기 지하에 설치된 히틀러의 군수품공장에선 좁은 갱내의 운반을 마차로 해야 했는데, 말이 무서워 나가지 않아서 눈을 빼고 장님을 만들어 운반을 시켰다니 히틀러의 잔학상에 또 한번 전율했다. 인간성을 말해 뭘하랴. 그리고 그 갱엔 채탄 때부터 있었던 인명 희생자를 위해 지금도 굴 곳곳에 촛불을 켜 놓고 가톨릭식으로 명복을 빌고 있었다. 굴 끝엔 지하 호수가 있었고 우리는 전기동력선으로 호수를 한 바퀴 돌아보기도 했다.

시내의 슈테판 성당 앞벽에는 200년 전 터키 침공시의 탄흔이 지금도 선명히 남아 있고, 아침에 호텔에서 주는 반달형의 딱딱한 빵도 아침마다 이 빵을 씹으며 불행한 침략기를 잊지 말자는 의미에서라 하니 예사로 들리지 않았다.

베토벤의 집, 200년 전에 대리석 돌을 네모로 깎아 땅에 박아 만든 보도, 당시 마차가 다녔던 단단한 석조 보도는 지금도 단단하여 몇 백 년은 더 가리라.

그리고 모차르트, 슈베르트 등 유명한 음악가들의 묘지공원, 루브르 궁전을 본 떠서 지었다는 쉔부른 궁전, 이 궁전을 짓느라 국력을 기울여 왕조가 폐망했다는 일화 등은 역사의 교훈이 되어야 할 것이다.

현대사에서도 그렇다. 제2차 세계대전 후 소련군이 진주했던 나라는 모두 미,소 양 진영으로 분할, 통치되다가 결국 분단국이 되고 말았다. 그러나 오스트리아는 소련군이 진주했어도 외세의 침략에 대항해 싸웠던 오스트리아 독립운동가들이 서로 손잡고 다시는 그리고 더는 그런 고통을 겪지 말자고 결심하고 좌,우가 굳게 손잡고 단합하여 좌파가 소련을 상대로 우리는 당신네 소련 편이니 우리를 믿고 철수해 달라고 설득했고, 이 설득을 납득한 소련군은 소련군 진주기념탑을 세워 남기고 철군을 했다.

우파도 우파대로 연합군을 상대로 설득하여 미, 소 양군이 다 철군하게 한 다음 좌, 우가 합심하여 정부를 세움으로써 세계에서 유일하게 민족의 단합으로 외군을 내보내고 단일 정부를 세운 나라이다. 분단국인 우리도 1945년을 회고하며 우리에겐 깨달을 게 없는지 곰곰 생각해 보게 한다. 그들의 성공요인은 궁극적으로 좌,우 지도자들이 모두 집권하기보다는 나라의 독립에 더 힘을 기울인 때문이 아니었을까? 그리고 이곳 비엔나는 신상옥 최은희 부부가 1년 전 서방으로 탈출한 곳이기도 하여 탈출한 거리를 통과해 보기도 했다.

그리스

11시 50분, 오스트리아를 떠나 그리스로 가야 하는데, 그 당시엔 공산국가인 헝가리와 알바니아의 영공을 통과해야 했기에 비행기가 불시착이라도 한다면 우리는 북한으로 끌려가게 될지도 모른다며 불안하고 긴장하며 비행기를 타야 했다.

13시 50분, 아테네공항에 도착했다. 공항엔 대사관에서 박 영사와 김 참사가 마중 나와 있었다. 프레지덴트 호텔에 여장을 풀고 김 참사의 안내로 시내 무명용사탑과 올림픽경기장, 대통령궁

앞길 등을 둘러보았다.

빨간 모자에 빨간 나막신을 신고 흰색의 짧은 주름 원피스 같은 제복에 장총을 어깨 총하고 행진하는 보초병도 인상적이었지만, 그 동안 거쳐 온 다른 나라에서는 보지 못했던 낯익은 광경이 보여서 나를 실소케 했다.

헌병 찝차가 시내순찰을 돌고 시내 요소요소에 소총으로 무장한 제복 군인이 보초를 서있고 특히 철망차를 보는 건 서울 어느 거리 같아 친근감을 느끼기까지 했다.

나라 형편이 우리나라와 너무 닮았다. 그리스는 일찍이 오스만 터키의 오랜(475년?) 지배 하에도 종교가 살아 있었기에 종교를 구심으로 결집하여 말과 글과 문화를 지켜내었다. 세계대전 때도 독일의 침공에 일반 시민만이 아니라 문화 예술 음악인들도 저항에 가담하였고 저항세력 중엔 공산세력이 국토의 70%나 관할할 정도로 세력이 커 동서 재편에 차질이 있을 뻔했으나 영국 처칠 수상의 강력한 저지책과 미국의 원조로 공산세력을 제압할 수 있었다 한다.

전후 1967년에 반공을 기치로 군부 쿠데타가 일어났다. 군부는 흔히 독재정부가 그러하듯 국민의 불만을 갈아앉히기 위하여 경제발전에 힘을 쏟았다. 그러나 해외에서는 야당 지도자인 조지 파판드레오스의 아들 안드레아 파판드레오스가 런던 파리 등을 순회하며 그리스 군사독재의 반대를 여론화하여 국제여론을 환기

시키고 있었다.

국내에서도 저항의 소리 없이 침묵만 하던 중 전 총리 조지 파판드레으스의 장례식 때 반정부의 목소리를 낸 걸 시작으로 아테네대학 법대생과 중산층 시민들의 저항 데모가 일어나기 시작했고, 군부도 강경파가 주도권을 잡아 키프로스의 대통령을 바꾸는 등 강경책을 쓰다가 무너지고 말았다.

1974년에 민정으로 복귀되자 총선을 실시하였고, 국민투표로 독재 군부와 가까웠던 왕을 축출하고, 공화제를 채택하며 쿠데타군을 반역죄 살인죄로 법정에 세우고 민주주의를 복원시켰다. 그래서 지금도 그리스 국민들은 해외 망명 중 귀국한 콘스탄틴 카라만니스를 민주주의의 복원자라 하여 제일 존경한다 한다.

이와같이 우리와 비슷한 면이 많은 나라다. 경제적으로도 1960년대에는 우리나라 국민소득이 2,500달러일 때 그리스는 3,300달러로서 우리 소득이 그리스의 76%정도였으나 군사정부 기간이 우리보다 훨씬 짧았는데도(7년) 요즘 우리 소득이 10,000달러일 때 그리스는 17,000달러나 하여 우리보다 성장 속도가 더 빨랐으니 그리스의 58%밖에 안 되는 우리로선 (배가 아파) 안타까움이 없지 않다.

그리스는 고대 유적이 많고 올림픽의 원조 나라일 뿐만 아니라 유럽문명의 발원지이기도 하다. 아테네는 시민이 직접 민주 정의를 실현한 도시국가요, 소크라테스와 플라톤이 살던 나라요, 대

모크라씨 어원의 나라이기도 하다.

종교적으로 고대엔 올림푸스신 등 다신 신앙이었으나 일신 신앙인 그리스정교에 대한 깊은 신앙(97%)으로 터키의 오랜 침략기에도 불구하고 언어와 문화, 전통을 지킬 수 있었다 한다. 또 그리스에도 종교자치국이라 할 '아토스산'이 있다. 여기에 입국을 위해서는 비자를 받아야 하고 여자는 입국이 금지되며, 이곳의 사제는 시민들로부터 큰 존경을 받는다 한다.

대사관측 얘기로는 이때가 그리스가 막 정권 교체가 되어(3월에 개헌된 듯) 정부측과 대화 통로가 없다는 것이다. 부연하면 대사관측이 주재국의 야당과는 교류를 하지 않고 여당하고만 교류를 했었는데 정권이 바뀌니 대화 통로가 막혀버린 것이다.

앞으로 상당한 시일을 두고 공식통로로 대화의 길을 열어야 하나보다. 하긴 우리나라도 강대국의 대사가 야당 쪽 인사를 만나고 다니는 것을 정부는 못마땅해 하는 듯하고 국민들도 못마땅하게 생각하도록 길들여지고 영향 받아온 처지라 미루어 짐작만 할 수밖에. 형편이 이렇고 보니 우리를 도우러 나선 한인회장에 대한 감사를 잊을 수가 없다.

몇 분 계시지도 않은 한인들의 회장 장여상 씨, 그는 6·25때 그리스군을 따라 다녔던 소년이었는데 6·25가 끝나면서 참전했던 그리스군 장교를 따라 그리스로 건너왔고, 그곳서 성장하며 교육도 받고 결혼도 그곳 여인과 함께 사업을 이룬 분이었다. 고국에서 온 우리에게 성심성의껏 해주시는 모습이 너무 고마웠다.

우리는 다시 기운을 내어 신화의 나라 신전순례에 나섰다.

파르테논, 포세이돈과 아크로폴리스 신전, 아폴로, 고린토, 디오니소스 원형극장 등을 보고, 시내로 돌아오는데, 에머럴드빛이 고운 바닷물에 탄성이 절로 나왔다. 그 바다와 접한 해안도로에 왔을 때, 오른쪽 산언덕에 불이 타고 있었고 왼쪽 바다엔 꽤나 큰 비행정이 바다에 앉는 듯이 해수면을 스치다 떠올라 오른쪽 산에 가서 불에 바닷물을 쏟아 붓는다. 우리나라엔 아직도 헬리콥터에 물통을 매달고 가서 쏟는 식만 보이는데 바다가 멀어서인지 소화용 비행기에 대해서도 검토해봐야 하지 않을까.

그리스에서의 대사관 초대 만찬은 장소가 부산의 용두산 탑에서보다 더 직근의 언덕배기에 있었는 듯, 아테네 야경에다 손에 잡힐 듯한 항구에 떠있는 많은 기선들의 불빛들이 어우러져 얼마나 아름다운지 야경의 아름다움에 취해 칵테일 잔을 기울이며 그리스의 정세, 종교, 문학 등에 대해 많은 얘기를 나눴던 그 밤이 내 평생 잊을 수가 없다. 내가 일반직으로서 최고위 직급(1급)에 승진했을 때도 이 밤만은 못했다.

나는 여기서 감사 인사를 드리고자 한다.

"공사 다망하셨는데도 우리 시찰단을 초대해 만찬을 베풀어 주시고 협력을 아끼지 않으신 당시의 스위스, 오스트리아, 그리스의 주재 대사, 대사 영부인, 영사 및 주재 외교공무원과 그 가족들께 늦게나마 진심으로 감사를 드리며 건승을 기원합니다, 또 KOTRA. KAL 등 민, 관 주재기관의 간부와 가족들께도 감사와 건승을 기원합니다."

우리 시찰단은 오스트리아를 떠나며 귀국보고에서 야당과의 교류도 건의키로 했다.

프랑스

우리는 귀국을 위해 다시 파리에 돌아왔다. 본무는 다 끝낸 처지라 파리를 더 보기로 했다.

파리 하면 몽마르뜨 언덕이 떠오른다. 몽마르뜨 하면 왠지 문화적 교양이 넘치는 문화인들의 이미지가 연상된다. 그러나 그 이미지는 프랑스의 작가들이 꾸며내어 세계에 퍼뜨린 결과다. 정작은 자그마한 언덕에 거리의 화가와 관광객이 마주하는 장터 같은 곳이었다. 나는 미리 사전에 본 성심사원(聖心寺院)이 혹시 절이 아닌가 하여 몽마르뜨 뒤쪽의 성심사원을 일부러 찾아 가보았다. 그것은 절이 아니라 성당이었다.

이는 일본인들의 종교 = 불교, 불교 = 절이라 생각하는 고정관념 때문에 성당을 보고도 절이라는 뜻의 사원(寺院)이라고 번역한 결과가 아닐까 하고 짐작하여 보았다.

세느강 유람선에서 내려 에펠탑을 향하는데, 2차선 정도의 횡

단보도를 건너기 위해 우리는 신호를 기다리고 서 있었다. 그러나 그 고장 사람들은 무단 횡단을 마구 한다. 서울선 무단 횡단자를 단속할 때고 나라를 대표하는 공무원으로서 신호를 지키는 것이 당연하다고 생각하였다. 그 무단 횡단자들은 우리의 생각이 경직되었다고 흉이나 보지 않았는지?

저녁의 분수대 광장 안은 종이쓰레기가 바람에 날리고, 흑인 노숙자도 보였고 서울엔 포장마차가 있으나 그곳엔 포장 트럭이 있었다. 그러나 콩코드 광장은 깨끗했다. 나도 아산(정주영)의 농처럼 솔본느대학을 들어갔다 나왔다.

호텔식당서 아침을 먹을 때다. 접시에 아침거리를 주는 대로 받아들고 식탁을 찾아 앉았는데, 아침거리라는 것이 빵조각 몇 개를 주로 하는 간단한 것이어서 실망스러웠다. 다른 서양인에겐 직원들이 계란 후라이를 갖다 주는데 우리에겐 그나마 안 주는 게 아닌가.

식사를 끝낸 우리는 안내인에게 물으니 배식창 앞 접시 옆에 있는 계란 후라이 그림이 그려진 종이를 집어다 식탁에 놓아야 직원들이 계란 후라이를 한 접시 갖다준다는 것이다.

이튿날은 우리도 기분 내며 계란을 받아먹고 있는데 옆 식탁에 앉은 신혼인 듯한 일본인 신부가 계란 후라이를 다른 사람은 주는데 우리는 왜 안 주는지 모르겠다며 신랑에게 불평을 했다.

동네 반장성격의 내가 가만히 그 신랑에게 저 배식창 앞에 있는 계란 후라이 그림 한 장을 집어다 놔야 갖다 준다고 일러 줬더니 고맙다며 그들도 찾아 먹었다.

밀레의 생가는 다음 날 보기로 하고 루브르 박물관에 갔을 때다. 궁 앞에서 필름을 사는데 한 통에 어제 27프랑 하던 것을 35프랑 내란다. 알고 봤더니 파리에서는 남이 쉬는 날 장사를 하는 것이라 공휴일에는 더 받는다 하니 문화의 차이임을 어찌하랴. 평일의 필름 값도 국내에 비하면 너무 비싸서 다음엔 필름 준비를 국내서 다 하리라.

루브르궁엔 화장실이 안 보였다. 요강에 볼일을 보고 버렸었다는 말이 사실인가 보다.

에펠탑을 오를 때다. 초입의 저층라운지 까지만 오르는 입장권보다 꼭대기까지 오르는 입장권 값은 3배나 더 비쌌던 것 같다. 하지만 우리는 비싼 걸로 꼭대기까지 올랐다. 파리 밖까지 다 보인다. 하긴 개선문 옥상서도 시내가 다 보였으니 당연하지 않나.

또 우리는 기왕 온 건데 '리도 쇼'를 보기로 했다. 예약을 안 해 돈을 더 주어야 한다는 가이드 말로 우리는 거의 100프랑을 주고 입장했다. 정상요금은 35프랑 정도였던 것 같다. 저녁 7시쯤에 오프닝 멘트가 나오는데 아마 춤을 추고 싶은 사람은 나와서 춤을 춰도 좋다는 말이었는지 60대 초반으로 보이는 동양인이 조금 꾸부정하고 땅딸막한 부인을 플로어로 데리고 나와 블루스를 추기 시작하자 서양의 노소가 쌍쌍이 나와 춤판이 펼쳐졌다.

그 동양인은 일본인이었다. 나는 지금 그날의 쇼의 내용은 기억나는 게 별로 없으나 그 일본인의 모습은 선명하게 기억이 난다. 그의 흐트러짐 없는 몸가짐과 여유로운 자유와 당당함은 어디서 기인하는 것일까? 그 당시 구라파엔 일본인 안내가 호텔 백화점이나 큰상점 등에 다 있었으나 우리 한국인 안내는 쁘렝땅백화점에서 청년 1인을 만났을 뿐이다. 우리 한국인은 언제쯤 저렇게 당당할 수 있고 한국인 안내가 배치될까?

1986년 우리 국민소득이 정확히 2,550달러, 우리도 국민소득이 10,000달러 시대가 오면 일본 못지않게 한글로 된 팸플릿과 한국인 안내인들이 배치되고 있겠지. 긴 생각에 잠겨야 했다.(지금까지 지루함을 참고 읽어주신 독자 제위께 진심으로 감사드린다.)

(2013. 4. 27)

※ 참고

1. 공식수첩은 진작 폐기했고 약기한 메모 수첩과 기억에만 의존하느라 아직도 기억불명으로 공개하지 못한 부분이 있으며 또 틀린점이 있었다면 너그러이 양해하여 주시기 바랍니다.
2. 이 글은 1993년에 어느 카페에 올렸던 글이다. 그리스에 흥미가 있는 분은 니코스 카잔차스키가 지은 ≪그리스인 조르바≫를 사 읽는다 한다.

이태리 여행기

여행의 계기

로마는 그리스와 함께 유럽문명의 발상지다. 그래서 유럽인에게도 마음의 고향 같은 곳이고 우리 아시아 사람도 고대 미술품에 관심이 있거나 영화 ≪로마의 휴일≫을 보곤 그 무대를 다 돌아보고 싶어 하는 사람들이 적지 않은 듯 하다.

나 역시 이태리 여행에 대한 간절한 숙원을 갖고 있었는데, 대한항공이 로마 취항 몇 주년기념으로 이태리 일주 8일 관광에 999,000원이던가, 엄청 싼 세일 관광이 단 2회 있었다.

싼 것이 비지떡이라는 말이 있긴 하나 여러 나라를 묶은 건 있어도 단독으로 이태리만 일주하는 건 귀한데, 나에겐 안성맞춤일 듯 하여 단행하기로 했다.

그때가 언제였던가? 기억이 애매하여 그 때의 사진을 찾아보니 2000년 12월이었다.

공항, 남부 폼페이, 소렌토, 본 죠오르 노

로마 공항에 내린 것이 오후 4시경이다. 회원이 90명쯤 되어 버스 두 대로 분승하였다. 여행사에서도 직원이 셋이 갔지만 현지 안내는 30대 초반의 성악을 전공하는 남자 유학생이 안내했다.

우리는 황혼이 지는 저녁, 시내 조그마한 한국식당에 내려 그 많은 인원이 비비적대며 식사를 했다. 저녁 숙박을 위해 로마시내를 벗어나 시골길을 한참이나 달리더니 그 큰 버스가 좁은 골목길을 어렵게 꺾으며 돌고 돌아 밤 늦게서야 산중턱 언덕배기에 있는 꽤 큰 호텔에 도착하였다. 나는 너무나 지쳐서 바로 쓰러져 쉬었다.

이튿날엔 남쪽 폼페이로 향했다

옛날엔 자연경관이 아름다워 로마 귀족들에게 인기가 높은 리조트 도시였다는데 베수비오스 화산의 폭발로 2만 명의 주민이 묻혔다 하니 지금 보아도 안타까웠다. 2000년 전 그때에도 요즘보다 더 편리한 대중목욕탕이 있었고 사람 살던 흔적이 현실처럼 다가왔다.

입구에 회자되는 그 여자네 집(매춘의 집) 앞에서는 방이 너무 좁아 보여, 들어가 재어 보니 내 키에도 빠듯하여 그때 로마사람들은 아시아인처럼이 키가 작았나 보다 생각했다. 아닌 게 아니라 오늘날의 이태리 숙녀 중엔 동양계인지 우리네 여인처럼 키가 작은 여인들이 많았다 오죽하면 내 젊었으면 이태리 여자하고 결혼을 하고 싶다 했을까.

우리는 소렌토를 향해 남하했다. 얼마쯤 가서는 우측을 바다로 하여 해안도로를 따라가다 저 아래 골짝 길 건너 우측은 바다요 좌측 큰 언덕배기에 양옥들이 보이는데 그쪽이 소렌토란다.

우리는 내리막 언덕길에 버스를 세우고 사진을 찍었다. "아! 저기가 〈돌아오라 소렌토〉의 돌아갈 소렌토구나." 우측의 에메랄드 빛의 짙푸른 바다 물결이 우리가 서있는 길 바닥아래 깎아지른 듯한 4~50미터 높이의 단애 밑을 부딪는다. 그것을 배경으로 사진을 찍고 곧 아래 평지 길로 내려가니 소렌토의 특산인 목공예 상점이 하나 있어 둘러보았다.

돌아가는 길의 좌측 차창으로 멀리 보이는 항구가 '나폴리 항'이란다 세계 3대 미항의 하나라는데 늦은 오후 멀리서 보아서인지 감동이 밀려오지 않는 것이 아쉬웠다.

남해 바다 건너 '시칠리아 섬'은 옛날 그리스 식민지이어서 당시의 유적들이 많다 한다. '파르테논 신전'을 닮은 '콘코르드신전', 신들의 계곡의 '헤라신전', 반원형극장인 고대 '그리스극장' 등 그리스 유적의 축소판이 잘 보존되어 있다 한다.

이 섬까지 다 돌아보려면 20일은 걸린다는 말이 과장이 아닌 듯하다. 그리고 이 이태리 남쪽엔 샐러리맨들이 많이 살며 가난하고, 북쪽엔 부자들이 많이 산단다. 북부 남빈(北富 南貧)이라 기억했다.

다음날은 '나폴리'를 보고 북부로 가는 날이다. 버스가 나폴리에 거의 이른 듯한데, 데모대들이 데모를 한다며 경찰들이 막는다. 우리는 나폴리 관광을 포기하고 회차하여 북향을 했다.

나는 어제 아침 일찍 방을 나와서 호텔 앞을 서성이며 '본 지오르 노'를 배웠다. '안녕 하세요'와 같은 인사말인데 프랑스 말 '본 지오르'에 '노'가 더 붙어 이태리말 '본 지오르 노'가 됐나 보다, 오늘 아침엔 동행들과 함께 호텔을 나오며 호텔 직원들에게 "본지오르노!" 했더니 마주 웃고 인사하며 좋아한다. 우리 동행들도 좋아했다. 아침에 만나는 버스 기사고 가게 주인이고 "본 지오르 노"를 했더니 다 좋아한다.

"익스큐스 미"에 딱 맞지는 않으나 "미디스 비아체" = 유감, "스코지" = 실례, 싸게 깎아달라 = "옴뽀 디스곤또" 등을 배워 적절히 활용해 보는 것도 재미있었다.

이태리 화폐단위는 지금은 유로이지만 그때는 '리라'였던 것 같은데 하다못해 노점상까지 달러가 통해 관심 두지 않았다.

우리 한반도 보다 좀 더 넓은 이태리반도의 남쪽 끝에서 북쪽 끝 '베네치아' 까지 가는 거니 거의 12시간도 더 달려 밤 12시도 지나 베네치아 못 미처 시골 호텔에 도착했다. 말이 호텔이지 겉은 장급여관이나 안은 낡은 이름뿐인 호텔에서 어처구니없는 요기를 하고 추운 밤을 새웠다.

우리 관광객 대부분이 KAL직원 가족들인 듯 대, 소 가족단위로 와서 외짝으로 간 내가 식사 때 4인 식탁에 합석하기가 딱했는데, 다행히 전주에서 온 스튜어디스의 부모인 50대 후반의 이존○씨 부부와 일행이 되어 줄곧 동행하여 신세를 졌다.

식사를 주로 중화(中華)식당에서 했는데, 눈으로 보기엔 국내에서 본 요리이나 맛이 전혀 달라 내키지 않았으나 쌀밥이 있어 다행이었다. 밥을 먹으며 찬은 짠 것으로 먹느라 기억도 나지 않으나 밥을 풍성하게 주었기 때문에 대부분 아주머니들이 비닐에 밥을 싸가지고 나와 이튿날 아침으로 요기하기에 요긴했다. 빵조각으로는 태부족했기 때문이었다.

나는 사발면을 준비해 갔기에 가끔 밥도 얻어먹었지만 요기할 수 있어 다행이었다. 그러나 부피가 큰 것이 흠이다. 라면회사에 부탁건대 앞으론 사발 하나에 면은 봉지에 담아 휴대가 간편하게 개발되었으면 한다.

일본호텔의 뷔페 아침식사는 풍성하던데 구라파 쪽은 빈약하여 설령 다이어트하느라 국내선 절식하던 사람도 나중을 대비해 좀 먹어두려 하는데도 여의치 않는 것이 안타까웠다.

북부 베네치아

이튿날 아침 일찍 일어나 밖에 나가니 파도소리가 가까이 들려 100미터쯤 걸어가니 바다였다. 전에 본 그리스 바다는 처음 보는 에메랄드빛의 참으로 아름다운 물빛이어서 찬탄을 했었는데 이

베네치아의 바다는 우리 서해같이 탁했다. 그런데 비릿한 갯내음이 우리 바다내음과 같아 어느새 고향을 만난 듯 정겨웠다.

아침식사를 하고 느지막이 출발하여 연락선의 나루터에 도착하여 배를 타고 베네치아에 들어갔다. 베네치아는 영어로는 베니스라 하며 150개의 운하로 연결된 해상 도시로 나폴레옹에게 점령당할 때까지 1000년 동안 독자문화를 가지고 공화국체재를 시키며 번창해 왔다 한다. 요즘은 다리의 발달로 나는 육지로만 착각하며 다녔다.

그 유명한 '산마리코' 광장에서 세계적으로 유명하다는 골목 안의 유리공장을 관람하고 2층 매점으로 올라가 구경을 하다가 내가 붉은 색 크리스탈에 금리본이 5개나 들어간 250달러 표찰 붙은 와인잔 2개 한 세트를 보며 지나가는 말로 150달러나 하면 살까? 했더니 동행인이 이태리어 연습을 하느라 흥정을 성사시키는 바람에 썩 내키지도 않는 걸 사 가지고 왔다. 내가 이 사실을 적는 건 에누리가 되더라는 얘기를 하고 싶어서다. 이 글을 쓰며 문득 생각나 그 잔을 꺼내어 와인 한 잔을 따라 마셨다.

이젠 곤돌라를 탈 차례다. 50달러였던가? 날은 흐려 비가 올듯하고 바람도 좀 불어 물결이 일며 쌀쌀한데, 그 조그마한 곤돌라로는 불안하고 내키지 않아 타지 않았다

곤돌라를 포기한 사람들은 산마르코광장서 '두칼레 궁' 얘기도 듣고 산마르코성당도 둘러보면서 머리와 어깨에 앉는 비둘기와도

놀며 쇼핑을 했다. 나는 보석집에 들러 아내가 부탁한 까메오를 95달러에 보증서와 함께 받아 샀다. 이 까메오는 그동안 버스 휴게소식당의 매점에서도 "까메오! 까메오!" 외치면서 20달러를 부르는데 미덥지 않아 사지 않았다가 여기 보석집에 들러서야 샀다.

우리는 연락선을 타고 남행을 시작했다. 지금 여행일정표도 내버리고 취재수첩도 없어 밀라노를 거쳤는지는 불분명하나 볼로냐에서 적포도 와인 2병을 샀고, 플로렌스에선 큰 마트에 들러 몇 가지 신변용품을 사고 남진하여 저녁 8시 반경 피사의 주차장에 도착했다.

골목길을 한참 좌우 회전하며 걸어가다 철도 건널목도 건너고 또 골목길을 걸어 아마 20분은 걸어 들어가니 사탑이 보였다. 그 컴컴한 저녁에 사진을 몇 장 찍고 집합시간 맞추느라 쫓기듯이 걸어 나와 버스에 도착했는데 한 사람이 오지 않아 30분은 더 기다리며 짜증냈던 기억이 난다.

수도 로마, 바티칸

이튿날부터는 로마 시내 관광이다. 로마 시내관광을 안내하기 위해 40대 초반의 여인이 합류했다. 이 여인은 낡은 진청색의 가죽 코트에 무릎을 들어 군인이 행진하듯 씩씩하게 걷는 모습이 독일병정 같아 내가 독일병정이라고 별명 붙인 키 작은 여인이다. 이태리 말은 잘하나 본데 독단적이어서 우리 일행과 호흡이 잘 맞지 않는 듯 했다.

우리는 시내관광을 도보반과 마차반으로 나눴다. 나는 무릎이 약해 마차를 타기로 했다. 길가에 늘어선 마차를 35달러에 타고 시내 관광길에 나섰다. 마차는 서양 고전영화에 나오는 검은색의 멋스러운 차다. 나중 들은 얘기는 도보로 시내 관광한 이들도 불편 없이 다 보았다 한다. 마차는 차 하나에 두 명이 탔으며, 7~8대가 일렬로 줄서 로마시내를 행진하는 것이 장관이었는지 사람들이 쳐다보는 것이 으쓱하면서도 좀 쑥스러웠다.

명소에 도착하면 마차에서 내려 구경하고 다시 마차를 타고 가는 식의 관광이었다. 우리는 콘스탄티니우스 개선문과 거짓말을 하면 손이 물린다는 '진실의 입' 등 여러 명소를 보고 트레비 분수를 보았다.

영화 ≪로마의 휴일≫에서는 넓은 광장에 트레비 분수가 있는 듯이 보았는데 실제는 아주 좁은 그러니까 2~3미터정도의 좁은 골목길에 있었다. 그래서 나는 장승백이 그 좁은 보도 가에 분수시설을 할 때 대리석은 아니지만 그 구도에서 문득 트레비 분수가 떠올라 찬탄했었는데, 요즘은 숭실대학 옆 담벽에 인조대리석 분수시설을 하고 있어 동작구의 높은 문화안목에 경의를 표하며 장차 서울의 명소가 되고 우리의 문학작품이나 영화에도 등장하리라 기대해본다.

그리고 우리나라에서도 여름철에 잠실 롯데백화점 지하 광장에

트레비분수가 연상되는 하얀 대리석의 분수를 볼 수 있다.

트레비 분수근처에는 세계에서 온 관광객이 많이 모이는데도 공중화장실이 없다. 가게의 개인화장실을 써야 하는데, 나도 아이스크림 몇 개를 사기로 하고 그 가게의 개인 화장실을 썼다. 화장실을 가기 위해 가게 안 그 좁은 복도 길에 세계에서 온 신사 숙녀들이 외줄로 서서 기다리는 것도 볼거리 중의 하나였다,

북부의 베네치아에 들어가는 연락선 나루에서는 깨끗한 공중화장실을 만날 수 있었으나 로마에는 공중화장실이 없어 카페나 아이스크림 가게 등에 들어가 뭘 하나를 사고 용변을 본다 한다. 로마를 여행할 사람은 기억해 두어야 할 시스템이다. 아마도 상인들의 반대 때문이 아니었을까.

소매치기는 국내에서 만큼만 조심해도 될 듯하다. 혼자 다니는 여성에겐 유혹이 많으므로 상대에게 거부의사를 분명히 해야 하고, 밤엔 혼자 외출을 않는 것이 좋단다.

우리와 다른 문화 한 토막을 소개하면 온 담에 낙서가 된 거리에 있는 법원이 건물을 개축하며 담도 허물어 깨끗이 새로 미장을 하려 하는데 시청이 말렸다 한다. 낙서거리에 중간 한 곳만 깨끗하면 균형이 깨진다는 이유에서란다.

밤에도 유학생 가이드가 날씨도 찬데, 도보로 모두를 인솔하고 유적과 명소를 찾아다니며 성의껏 설명하고 안내한다.

추운 걸 못 견디는 나는 몸은 춥고 무릎이 아파 걷기가 힘든데

도 길을 모르니 도중 포기할 수도 없고, 2~3시간을 따라다니느라 너무 힘들어 버스로 돌아와서는 속으로는 미안했지만 버럭 화를 내고야 말았다. 그렇게 오랜 시간을 끌고 다니려면 사전에 예고를 하고 포기할 사람은 미리 포기케 해야지 그걸 못한 잘못이 있다고 나무랐다.

다음 날은 점심 후 택시로 분승하여 기독교도의 박해장이기도 한 콜로세움 원형경기장엘 갔다. 이태리 택시는 우리의 택시보다 좀 더 낡은 것 같았고, 기사도 친절하기보다 손님 하나라도 더 태우려 안간힘 쓰느라 성질도 급해 보였다.

택시는 밀리는 큰길을 피해 골목길을 요리조리 급속으로 모는 것이 3~4년 전의 우리 기사들 같았다. 다리가 아픈 나는 나무 그늘 밑에 앉아 눈으로만 봤지 경기장벽 가까이 가보지도 못했다.

우리는 지하철을 타고 갔는지 한참을 걸어 바티칸에 도착했고 바티칸 박물관의 미술품을 보고 다녔다, 미술 책에서나 TV프로에서 영상으로 보던 미술품들이 정신없이 펼쳐져 있다. 세계에서 온 관광객들과 마주 치며 좌우 벽화와 천장그림을 주마간산하듯 돌았다. 뭔가 끝없이 깊(深)은 오묘와 살아 숨 쉬는 전통의 유구(悠久)함 같은 것이 느껴진다.

이튿날인가. 저녁 7시에 바티칸 광장인 성 피에트로 광장에 입장했다. 성안인 듯 둘러싸였는데, 30만 명을 수용할 수 있다는 그 광장에 사람들이 가득했다.

우리 90명은 서로 놓치지 않으려고 사람의 물결 사이를 헤집고 한 걸음 한 걸음 전진했다. 날은 어두워지고 가끔은 주위에 낯선 외국 사람들만 있고 일행은 보이지 않거나 보여도 인해에 막혀 전진할 수는 없고 멀리에 보일 때 놓치지 않으려는 안타까움 등을 느끼며 전진하는데, 그것이 저녁 미사 집전시간이었고 모두가 질서정연하여 탈없이 전진하다 보니 성 베드로 대성당 건물 안에 이르렀다. 성인 석상 그 중에도 베드로의 석상 발에 입맞춤을 하면 소원이 이루어진다 하여 나도 발에 입을 대고 아들의 건강을 간절하게 빌었다.

맺으며

떠나는 날 로마공항에서다. 일행 중의 어떤 아주머니가 다가오시더니 고마웠다고 인사를 한다. 별로 잘 해드린 기억이 없는 아주머니의 뜻밖의 인사에 나는 당황되었지만 쑥스럽게 이유를 물으려 하지 않고 말인사를 이어갔다. 아이 둘이 로마에 유학하고 있는데, 목사님 댁에 기식한다며 한 일주일 아이들과 같이 있다가 귀국하겠노라는 취지다. “건강히 잘 다녀오십시오!” 혹 그 아주머니가 우리 회원은 아니실지?

이태리 특히 로마는 관광객 위주의 정책보다 자국민 위주의 정책을 펼치는 듯한데도 고대 유적이 많고 바티칸이 있어 관광객이 몰리니 조상의 덕을 단단히 보고 있는 것이다 그 옛날 포에니 전쟁이 일어나자 귀족들이 앞장서 전쟁에 출정하며 또 전쟁세도 신설해 세금도 귀족들이 앞장서 내었으니 도덕적으로도 우월하여 복 받은 후손일 듯도 하다.

근래에는 '마니 플리태'(깨끗한 손)라는 구호가 유명할 만큼 정치 부패가 시스템화되어 있어 경제가 팍팍한 듯, 택시 기사들의 아귀다툼하는 광경은 보기가 너무 안타까워 지금도 눈에 선하다.

하긴 부패한 사업가인데도 TV 등 언론 미디어를 소유하고 있어 방송을 독점적으로 장악하고, 뉴스나 시사보다 섹스나 쇼 프로그램 등 소비 위주의 방송을 내보내어 우민화에 성공한 것일까? 부패한 지도자인데도 불구하고 '실비오 베룰르스코니'가 선거 때마다 당선되어 총리를 연임한다. 정치만이 아니라 경제도 후퇴하여 국민들의 삶이 어렵고 또 서구학자들로부터도 민주주의가 정지했다고 조롱받는데 남의 나라지만 너무 안타까웠다.

낙엽

잎은 가지에서 떨어져 누우면
우리네는 무심코
낙엽이라 부른다.

때론 힘센 발자국에라도 밟힐까
전전긍긍하면서도
생각 없는 발자국에 밟혀 사그라지기도 하고

운 좋아 살아남으면
스산한 바람을 타고 밀리고 날며
멀리 멀리 얼마는 더 세상 구경하며

먼지 나라를 지나 흙나라에 들어서도
안식을 얻지 못하고
자연의 어미 되어
고달픈 영생(永生)의 삶을 시작한다

거름기 하나 없어도 생명을 잉태하여야 하고
대 이을 후생(後生)을 보듬어 키우느라
바짝 마른 몸에 편할 날이 없다

이 영원한 어미의 짐을
자연의 그리고 섭리의 톱니바퀴 굴레에 매몰되어
더부살이 삶을 살아야 한다

생명의 숙명
누가 경건타 했던가
차라리 아니 남이 편할 것을

아니야, 아니
세상에 남아 추한 꼴 보이느니
차라리 한 순간에 사그러지는 게 나을지도 몰라.

(2011. 11. 26)

라스베가스의 추억

1995년 6월 30일, 이 날은 선출직들의 취임에 즈음하여 전국의 시·도지사, 시장·군수가 모두 물러난 날이다. 나도 30여 년의 공무원 생활을 마감하고 공교롭게도 이 날 정년퇴임을 했다.

아침마다 오는 출근 차도 부속실의 전화도 끊겼다. 갑자기 닥친 일상의 상실이 나를 허무케 하고 예측했던 일인데도 당황되고 불안하였다. 월급도 없어져 공무원 연금이 유일한 생활비의 원천이 되었다.

공무원연금은 1급 21호급을 신청하면서 아이들 혼사 때의 빚을 갚느라 목돈이 필요하여 20년분만을 신청하였으나, 그런 대로 손 벌릴 일은 없어 다행이다. 이제는 새로운 일상과 소일거리를 찾는 것이 급선무가 됐다. 하루하루를 케이블TV와 신문에 매달려 살던 어느 날이다.

일본방송을 보니 회사의 중역으로 있다 퇴임하면 "대중 속으로 들어가 대중과 더불어 살아야 한다."는 멘트에 공감하고 나도 짓눌린 기분을 하루 빨리 털어내고 새로운 일상에 다가서기 위해 자유인이 된 기분을 누려 보고자 자유의 나라 미국을 가보기로 마음먹고 관광회사에 신청하였다. 마치 청교도가 희망에 부풀어 신대륙을 찾아가는 기분으로 미국 서부를 관광 길에 올랐다.

관광버스에서 내려 도보로 움직일 때다. 차에서 통로 건너 뒤 대각선 자리에 앉는 여인 둘이 꼭 붙어다니며 나와 어깨를 스치거나 나란히 걸어질 때가 잦았는데, 그녀가 읊조린다.

"시몬! 나무 잎새 져버린 숲으로 가자…," 하자 나도 놓지지 않고 대꾸했다. "렌! 너는 좋으냐 낙엽 밟는 소리가…." 구르몽의 낙엽을 읊조리며 서로 마주 보게 되었고, 대화가 시작되고 가벼운 농담을 주고받다 보니 서로 친숙해지고 여행하는 동안 자주 어울려 움직이게 되었다.

키는 보통의 키이나 약간은 볼륨이 있는 몸매에 얼굴은 꽤 세련돼 보여 안목이 높은 눈으로 봐도 외모가 괜찮아 보이는 여인이었다. 더구나 사람들의 사고방식이 사회의 개방에 맞춰 이성에 대한 호감 따위는 자연스러운 욕구로 이해하는 진보적 경향으로 흐르는 시대인 데다 모두의 마음이 이완되어 해방감을 만끽하고 있는 미국 땅이라 굳이 체면을 지키고 근엄해야 할 필요성이 없었다.

나는 서울을 떠난 미국 땅, 일행의 눈이 있다 하나 남의 일엔 관심이 없는 듯하니 얼마나 다행인가. 미국인에 대한 특히 미국여인에 대한 존평부터 시작하여 국내에서 성수대교가 붕괴된 직후라 금문교 등 다리의 철구조가 긴 토막으로 엮어 연결한 것이 아니라 짧은 토막으로 엮어 연결한 걸 보며 또 국내에서는 가변차선 표시를 눈을 올려보아야 보이는 신호등 위치에 매달려 있지만 금문교에서는 차선에 구멍을 5~6개씩 나란히 뚫고 그 구멍에 신호 표시봉을 꼽아 표시하여 운전사가 하늘에 매달은 표시가 아니라 도로면의 차선에서 강제로 가변차선이 보이게 하여 안전한 교행이 가능케 하는 미국의 시스템을 토론하기도 했다.

어느날은 TV에서 여러 차례 본 영화 ≪카사브랑카≫의 마지막 대사 "이제야 우리의 진정한 우정이 싹트겠군."은 누가 얘기했을까요? 를 물을 땐 그녀와 일행인 여인도 대화에 끼어 우리는 서로 친숙해져 웃고 있었다.

나는 생각했다. 나를 미국으로 오게 했고 나를 짓눌렀던 무거운 불안을 털어내게 한 이 여행과 이 여인에게 감사하며 좋은 말동무에 대한 기대도 된다, 서울 가서도 말동무로 이어졌으면 싶었다. 가끔 식사나 하고 영화도 보고 기껏해야 안아보기나 하는 정도이지 그 이상은 아예 바라지도 않았다.

그러나 붙어 다니는 옆의 여인이 친구인지 친척인지 조심스러워 허물이 안 될 대화만을 주고받으며 속말을 건넬 기회를 은밀히 벼르고 있었는데 저녁식사 때다.

저만치서 식사를 끝낸 그녀가 커피 잔을 든 채 내 테이블로 걸어오는 게 아닌가? 한시도 떨어지지 않는 옆 여자를 자리에 놔둔 채 혼자서 나에게로 오는 건 긴요한 밀담이 분명한데 '무슨 얘기를 하려고 오는 걸까? 혹시 서울 전화번호라도 주려는 것일까?' 여러 생각들이 번개처럼 뇌리를 스친다. 그녀는 내 귀에 대고 속삭인다.

내일은 라스베가스에 도착하는 날이고, 거기 가면 쇼를 보는데 쇼를 구경할 때 옆자리에 같이 앉아 보자며 그러려면 입장할 때 앞뒤로 같이 붙어 줄을 서야 하니 입장할 때 멀리 떨어져 있지 말라는 유의사항을 귀띔하고 간다.

도대체 그녀는 어떤 여자일까? 간첩만 아니면 된다. 인간사 하늘의 뜻이라면 거스를 수 없지 않나, 아차 놓쳤네! 나는 이렇게 순발력이 없어, 옆 여자는 떼어 내고 오라는 말을 못한 걸 곧 후회했다. 자기가 알아서 조치하겠지 생각하며 나는 내가 여자에게 대시(dash)할 때 시작은 그런대로 하는데 그 다음부턴 여자 의견 듣느라 적극적으로 리드를 못하는 성격인 걸 어떻게 알고 자기가 적극적으로 주도하나? 하늘이 돕는 건 아닐까? 내 편한 대로 하늘을 아무데나 갖다 붙이며 상상의 나래는 서울의 어느 영화관으로 날았다.

손을 잡자, 그리고 진전하여 허리를 안아보자, 관객이 별로 없는 오후라면 화면이 어두워질 때 용감히 뽀뽀를 한다. 거기까지만

으로 족하자! 아니 당장 내일이면 이웃 모르게 손은 잡아 볼 수 있겠구나.

그럼 내일은 손을 잡아보고 잘만 하면 허리까지 안아 볼 수 있지 않을까? 아니 선의를 오해로 받는다며 따귀라도 날릴 땐 일행들에게 부끄러워 어쩌나? 여행을 중단하고 귀국해야겠지, 그러니 체면을 세워 점잖게 앉아 있는 것이 상수 아닐까? 차라리 이번도 그녀가 주도해 준다면 얼마나 좋을까?

만약 그녀가 손잡히는 정도까진 용납할 각오였는데도 점잖게만 있는다면 나를 군자라고 하겠지? 그런 행위는 고등동물이나 하등동물이건 간에 자연스러운 행동이 아닌가? 모르겠다 생각을 덮으려 하면서도 감성 쪽으로 일탈해 가고 있었다. 나는 마치 모든 일이 뜻대로라도 다 된 듯 성급하게도 사랑의 금기사항을 생각하며 김치국부터 마시고 있었다.

'정치와 종교 얘기는 하지 말아야 하고 또 선물 값 정도 이상의 돈거래는 말아야 한다'는 금기사항 말이다.

이튿날은 라스베가스에 도착했고, 설레는 가슴을 억누르며 쇼를 보기 위해 줄을 섰다. 그녀가 드디어 나타나더니 나에게 다가와 죄송한 부탁을 하겠다는 것이다. 자기와 같이 온 여인은 시누이인데 남편 죽고 10년을 홀로 사는 것이 딱하여 관광을 데리고 왔노라며, 선생님을 좋아하여(아마도 혼자여서겠지) 같이 쇼를 보고 싶어 하니 자리를 같이 해줄 수 없겠느냐는 부탁이다.

시누이라는 그녀와 나는 말발굽형의 소파에 단정히 앉아 무릎 한번 닿아 보지 않고 쇼만 보다가 나왔다. 그녀는 내가 여자를 보는 눈이 얼마나 높은지를 몰라본 것이다. 나는 종합적으로 보는 사람이라 웬만한 미모만으로는 내 눈에 들지 않는 걸 몰라서 한 실수다.

하긴 치마만 둘렀으면 좋다는 사내들도 있긴 하지만, 나를 그리 오해했다면 불쾌한 일이다. 자기만큼만 생겼어도 힘주어 손도 잡아 줄 수 있었는데… 맹숭맹숭하게 그냥 나온 것이 기사도 정신이 부족했던 듯하여 미안한 마음이 든다. 기사도도 미인에게서라야 나오나 보다.

이튿날 그녀는 "과부 시누이 앞에서 어떻게 해요?"라 항의하듯 코멩맹이 소리로 애교 부리는 것이 나의 여자에 대한 안목 높음을 이해하겠다는 투 같았다. 그러나 참 즐거웠다고 진심으로 아쉬워하고 미안해 하며 "오래 기억 날 거예요."라 한다.

나는 이번 여행을 통해 떠날 때의 그 무거웠던 짐을 벗고 새로운 나의 일상을 꿈꾸며 귀국길에 오를 수 있었다.

[아내의 글]

바위 옆에서

박상주 | 수필가

오늘도 삽짝 문을 밀치고 집안으로 들어선다. 경쾌한 피아노곡 〈소녀의 기도〉가 나를 반긴다. 이 방 저 방, 문을 열며 기웃거린다. 영혼을 맑게 해주는 영상시(映像詩)방을 맨 처음 찾는다. 다음으로 나를 방문한 이가 있는지 점검해보고, 자료 저장 창고를 거쳐 나의 원고를 쟁여놓은 곳도 둘러본다. 그동안 꼭 기억해야 할 자료들 시, 수필, 철학자료 등을 곳간에 차곡차곡 쌓아두어 제법 부자가 되었다.

1년 전, 남편이 홈페이지 주소를 건네 주었다. 그 쪽지를 받고도 2주일이나 지나서야 내 홈을 방문하고 깜짝 놀랐다. 전에도 한번 만들어준 적이 있었는데 썩 마음에 들지 않아 그저 그렇겠거니 했는데 이번의 것은 전문가 수준에 버금갈 정도였기 때문이다.

9개의 방을 만들어 본보기로 플래시(flash)영상, 스위시(swish)

영상에다 음악까지 저장해 심혈을 기울여 제작한 흔적이 역력했다. 영상시 방의 1번에 수록된 바위를 클릭했다. 이끼 낀 바위 사이로 흐르는 물의 영상에 따라 또르륵 또르륵 물소리가 들리고 병풍처럼 그림이 젖혀지자, 유치환 시인의 〈바위〉가 눈에 확 들어왔다. 배경음악은 왜 그리도 애조를 띄고 있는지. 시를 읽어 내려가는 동안 숨이 탁 멎는 듯 했다. 그것이 내게 들려주는 메시지 같았기 때문이다.

내 죽으면 한 개 바위가 되리라.
아예 애련(哀憐)에 물들지 않고
희로(喜怒)에 움직이지 않고
비와 바람에 깎이는 대로
억년(億年) 비정(非情)의 함묵(緘默)에
안으로 안으로만 채찍질하여
드디어 생명도 망각하고
흐르는 구름
머언 원뢰(遠雷)
꿈꾸어도 노래하지 않고
두 쪽으로 깨뜨려져도
소리하지 않는 바위가 되리라.

— 유치환 〈바위〉 전문

고등학교 교과서에도 실렸다는 이 시. 시인은 현실적인 삶의 평안이나 아스라한 꿈을 추구하기보다는 모든 것을 초극하여 생명도 망각하고 비정의 함묵(緘黙) 속에 살아갈 것을 노래한 듯싶다. 애련(哀憐), 희로(喜怒) 같은 시련들을 안으로 다스리며 바위처럼 살아서 허무를 극복하겠다는 것은 아니었을까.

왜 그이는 내게 이 시를 들려주고 싶었을까? 그러고 보니 바위의 속성과 많이 닮은 듯도 하다. 비바람이 불어쳐도 끄떡하지 않는 바위처럼 무뚝뚝하고 심지가 굳고 의지가 강하며 웬만한 일에도 감정의 변화가 없는 그. 살아오면서 답답한 적이 참 많았다. 함께 성당에 가자고 오랜 세월 간절히 권유하는데도 그이는 내 의지대로 정직하게 살면 되는 거라며 종교가 필요 없다고 고집을 부리기도 했다. 연민이 크면 클수록 허무의 깊이도 큰 것일까. 수도 없이 외쳐대는데도 끄떡하지 않는 나를 향한 외침이 아니었을는지. 바위처럼 비정한 모습으로 영원히 짐지고 살아가야 할 근원적인 문제인 허무와 외로움을 이기겠다는 그다운 의지의 표현이었는지도 모르겠다.

그이가 공직에서 정년을 맞을 무렵, 난 한창 교장 연수를 받고서 새 학교에 부임하느라 들떠 있었다. 기관장으로 근무하다가 퇴임한 뒤 그 허탈감이 클 것이라는 우려를 하면서도 미처 세심하게 헤아려 줄 겨를이 없었다. 그이는 서예와 컴퓨터에 취미를 붙여 외양으로는 잘 지내는 듯 했다.

나는 새로 부임한 곳의 학생수가 2,500명이나 되는 대형학교에다가 신축공사까지 하느라고 온통 학교 일로 분주하게 지냈다. 연구 시범학교 수행까지 하느라고 밤늦게 들어오는 날이 많아 그이 혼자 저녁을 해결해야 하는 날도 많았지만 잘 참아주었다. 남편은 나의 긴 교직생활을 잘하도록 외조를 해준 셈이다.

남편이 퇴직한 뒤 7년이나 교직에 더 근무했던 나는 자유인이 된 다음에도 문학 활동이며 모임, 봉사 등으로 여전히 나들이가 많다. 그런데도 집안일이 뜻대로 안 되거나 내 마음이 메마르거나 힘들 때는 바위와 같은 그를 바라보았다. 이제는 그만 변해야 한다고.

오늘도 나는 바위 앞에서 서성거린다. 홈페이지를 방문할 때마다 그 시를 클릭하여 읽고 또 읽는다. 어쩌면 바위를 닮은 건 그이가 아니라 나일지도 모른다는 자성을 하면서. 이제는 바위를 촉촉이 적시는 이슬이 되어 스며드는 노력을 해야 하리라고.